KB216866

함께 가꾸는 숲으
낳들이 이어지길

배영순

2025. 봄

이상한
마을
청호리

이상한 마을 청호리

배명은 장편소설

네오픽션

변재천녀: 변재선녀라고도 하며, 불법을 유도하며 장수와 원적의 퇴치, 재물의 증익을 도와주는 여신을 가리키는 불교용어다. 무애(無碍)한 행동으로 불법(佛法)을 유포하여 많은 이익을 가져다준다고 믿어진다. 그 때문에 민간에서는 변재(辨財)라고 표기하기도 한다. 『삼국유사』에는 이 천녀에 얽힌 설화 두 편이 있다.

사미(沙彌) 지통(智通)에게 까마귀가 와서 하는 말이 "낭지사(朗智師)에게 가서 제자가 되라"라고 하였다. 낭지사에게도 까마귀가 같은 말을 전하여 두 사람이 만나게 되었는데, 이 산의 주인이 변재선녀라고 하였다.

출처 ─ 한국민족문화대백과사전

차례

프
롤
로
그

날카로운 바람이 불었다. 사위가 어둠으로 차오르자, 오후 내내 잔뜩 찌푸렸던 하늘에서 눈발이 날리기 시작했다. 청호산의 나무들이 휘몰아치는 눈보라에 몸을 뒤틀었다. 굳게 문을 닫아건 집들의 불이 꺼졌다. 빛이라고는 마을에 드문드문 선 가로등 불빛이 유일했다.

외따로 떨어진 허름한 단층집, 덜컹거리는 창에서 작은 불빛이 흘러나왔다. 이내 산과 면한 뒷문이 열리고 중년의 남자가 고개를 내밀어 주위를 살폈다. 컴컴한 어둠 속에 무언가가 있는 것처럼, 미동도 없이.

"아빠, 연희는?"

"쉿!"

남자는 뒤에서 불안해하는 큰딸 연수의 입을 막았다. 그의 떨리는 눈이 작은딸의 빈방을 스치고 지나갔다. 이미 결단을 내렸고 지체할 수 없었다. 남자는 차게

식은 연수의 손을 잡고 밖으로 나갔다. 쌓인 눈 위에 초조해 보이는 발자국이 찍혔다. 그들은 뛰다시피 차고지로 향했다.

남자는 SUV 운전석에 앉아 시동을 걸었다. 조수석에 오른 연수가 연방 집을 돌아봤다.

"아빠?"

울먹이며 물어도 답은 없었다. 입술을 잘근거리다 결심이 섰는지 연수가 조수석 차 문에 손을 갖다 댔다.

"나중에 꼭 데리러 올 거지?"

"그래, 울지 말고 안전벨트 매."

남자는 굳은살이 박인 손으로 연수의 눈물을 닦아냈다. 시동을 걸자 엔진음이 천둥소리처럼 울렸지만 칼날 같은 바람 소리에 묻힐 거라고 생각했다. 당황하니 더욱 조급했다. 남자는 급히 차를 출발시켰다.

차는 언덕배기를 미끄러지듯이 내려와 다소 거칠게 커브를 틀었다. 자칫 급한 경사로에서 전복될 뻔했다. 남자는 숨을 크게 내쉬었다. 흥분과 긴장을 가라앉혀야 했다. 최대한 이성을 유지하려고 그동안 세워두었던 도피 계획을 복기했다. 이혼한 아내가 의료봉사를 간 케냐로 갈 생각이었다.

'연수부터 안전하게 피신시키고 나서 연희를⋯⋯.'

남자는 룸미러로 점점 멀어지는 마을을 흘겨봤다. 정확히는 산 중턱 불 꺼진 이장의 집을 봤다. 이장이 인질로 삼은 연희가 잠들어 있는 곳이 너무도 아득해 보였다. 붙든 핸들에 힘이 들어갔다.

　　차는 한참을 달려 청호산을 벗어났다. 들러붙는 눈발을 걷어내는 와이퍼가 끼익끼익 소리를 냈고 엔진음은 여전히 격했다. 어둠과 가로등 불빛에 반사되는 눈. 갑자기 그 사이로 눈 부신 헤드라이트가 비쳐 들었다.

　　연수의 비명과 함께 큰 충격이 이어졌다. 부서지는 쇳소리와 산산이 깨져 산란하는 유리 파편. 눈 부신 빛이 거꾸러지고 솟아났다. 바닥을 구르던 차체가 가로수에 부딪혀 멈췄다. 뒤집힌 차에서 연기가 피어올랐다.

　　"아빠?"

　　연수가 중얼거리듯이 입술을 달싹였다. 보이는 것마다 거꾸로였다. 신음을 흘리며 상처 난 손으로 안전벨트를 풀려고 했다. 몇 번의 헛손질 뒤 딸깍이며 안전벨트가 풀렸다. 몸이 차의 천장으로 쏟아졌다. 연수는 고개를 제 쪽으로 한 채 엎드린 남자에게 기어갔다. 연수의 안전벨트를 챙겼으나 본인은 미처 챙기지 못해 남자는 상태가 좋아 보이지 않았다. 피 흘리는 남자의 얼굴에 연수가 손을 갖다 댔다.

살짝 두드리며 부르자 파르르 떨리는 남자의 눈꺼풀이 힘겹게 열렸다. 초점이 잘 맞지 않는지 몇 번이나 눈을 깜박거렸다.

"괜찮아?"

남자가 묻자 연수는 눈물을 흘리며 고개를 끄덕였다. 그때 축축한 손이 뜯겨 나간 조수석으로 쑥 들어와 연수의 발목을 쥐고 힘껏 잡아당겼다. 연수의 몸이 속절없이 끌려 나갔다. 비명을 지르며 연수는 아빠의 손을 붙잡으려고 애썼다.

남자도 잔뜩 겁에 질린 딸에게 손을 뻗었다. 아니, 뻗으려고 했지만 몸이 움직이지 않았다. 연수가 밖으로 끌려가는 걸 바라볼 수밖에 없었다. 좌절감에 소리를 지르며 눈물 흘리던 남자의 시야에 유유히 걸어오는 누군가의 모습이 보였다. 차 문이 뜯겨 나간 조수석 앞에 쪼그려 앉은 사내는 믿어 의심치 않았던 동생이었다.

연수를 데리고 도망가겠다는 계획을 유일하게 알고 있던, 연희를 잠시 돌봐달라고 했을 때 자신만 믿으라고 했던 이인호가.

그가 긴 숨을 내쉬자 하얀 입김이 허공으로 퍼졌다.

"아직 살아 있네. 하긴, 트럭을 살살 몰긴 했어. 제물이 죽으면 안 되잖아."

"네, 네가 어떻게……. 연수는 네 조카야."

"형이야말로 나한테 어떻게 이래? 형 조카가, 그 어린게 병원에서 한 발짝도 밖으로 못 나오는 게 불쌍하지 않아? 제물을 데리고 도망치면 내 새끼 죽으라는 거 아냐?"

"그래서 기어이 연수를 그들 손에 넘기겠다고 이러는 거냐?"

"형도 제물들 덕에 아무런 걱정과 고난 없이 살았던 거 아냐? 형은 그 부모한테 미안한 마음 들었어? 이번엔 형 차례였을 뿐이야. 그러게 누가 딸을 낳으래?"

"이인호!"

그가 핏발선 형의 눈을 바라봤다. 그리고 소름 끼치도록 능청스럽게 말했다.

"연희는 내가 잘 돌볼게. 아빠하고 언니가 자기 두고 도망간 거 알면 마음 좀 아프겠네. 죽이지는 않아. 알잖아, 여자애가 귀한 거."

인호는 차체를 두드리며 다시 고함을 내지르는 형에게 웃어 보였다.

"그때쯤이면 내 새끼도 건강해질 거야. 고마워, 형."

인호는 마지막 인사를 내뱉고는 일어났다. 트럭 옆에 세운 승용차에 연수를 태우던 동산에게 손짓했다.

"차는 청수호에 빠뜨려."

동산이 고개를 끄덕였다. 인호는 무력하게 비명만 내지르는 형을 무시한 채 승용차에 올랐다. 눈이 펑펑 쏟아졌다. 첫눈이었다.

이상한 마을 청호리

충청도 거천시 근처 나들목을 지난 승용차가 잠시 정차했다. 조수석에 앉아 졸고 있던 미주는 딸깍거리는 깜빡이 소리에 눈을 떴다. 흩날리는 벚꽃잎이 자동차 앞유리로 떨어졌다. 슬쩍 옆을 보자 주경은 손톱을 물어뜯고 있었다. 그러지 말라고 수백 번을 얘기해도 주경은 무의식중에 하는 걸 자신도 어쩔 수 없다고 할 뿐이었다. 엄마가 그럴 정도로 불안하게 된 건 자신 때문이라여긴 미주는 그럴 때마다 주경의 손을 잡았다.

"아, 미안. 일어났어?"

머쓱하게 웃으며 주경이 손을 핸들 위에 올려놨다.

"응."

미주는 몸이 찌뿌둥해서 기지개를 켜다가 깁스한 오른팔이 불편해 눈살을 찌푸렸다. 겨울이 끝날 무렵 낙상 사고로 다친 팔은 언제나 거슬렸다. 밥도 아이들처럼 포크 달린 숟가락으로 먹어야 했고, 씻을 때는 물에 닿지 않게 신경 써야 했다. 이렇게 가볍게 기지개 켜는 것도 불편했다. 잘 낫고 있는지 모르겠지만 그냥 어서 빨리 깁스를 풀고 싶었다.

좌회전 신호에 차가 부드럽게 다시 출발했다. 이차선도로에는 가로수로 벚나무가 있어 마치 눈이 오는 것처럼 꽃잎이 흩날렸다. 잔잔한 물이 흐르는 개천을 따라 달리자 저 멀리 시내 건물들이 보였다. 미주는 낯선 풍경을 보며 차창에 머리를 기댔다.

이 생소한 느낌이 낯설지 않았다. 이삼 년에 한 번씩 주경과 미주는 이사 다녔다. 매번 이번에는 괜찮을 거라고 했지만 얼마 지나지 않아 미주에게 들러붙는 것들, 그러니까 귀신들 때문에 곤란해지고 말았다.

어릴 적부터 귀신을 본 미주는 주위 사람들에게 이상한 아이라는 오해를 받았고 귀신들에게는 온갖 괴롭힘을 당했다. 나날이 심해지던 괴롭힘은 어느 순간부터 생명의 위협으로 다가왔다. 용하다는 무당이나 스님을 만나 하나를 해결하면 다른 하나가 나타났고 영원히 이 굴레는 벗어날 수 없다는 말만 들었다.

매번 귀신을 피하느라 돈이 모이지 않았다. 주경이 간호조무사로 일을 구해도 몇 년이면 귀신 때문에 도망치듯 이사를 해야 했다. 그러니 삶이 윤택해질 리가.

미주는 깁스한 오른팔을 내려다봤다. 그래도 뭐, 죽어도 이상하지 않을 높이에서 떨어졌는데 팔만 부러진 정도면 생명력 하나는 질긴 셈이었다.

그저 또 머물 자리가 없어졌고 다시 새로운 장소를 찾은 것뿐이다. 다른 게 있다면 미주에게 낯선 곳인 거천시는 주경의 고향이라는 점이다. 그 사실도 근래 알았고, 엄마에게 오빠가 있다는 사실도 마찬가지로 안 지 얼마 되지 않았다.

"거기가 좀 특이한 곳이라서 그래."

특별도 아니고 특이라니. 표정 없이 말하는 주경의 얼굴을 빤히 쳐다보며 속내를 읽으려고 해봤으나 너무 지쳐 보여서 그곳이 지옥이라 해도 아무 말 않고 따라가겠다고 했다. 이런 자신을 아직 버리지 않은 엄마니까. 불평불만 없이 사랑으로 감싸주는 주경이 미주의 전부니까 어디든 상관없다.

차창을 열자 선선한 바람이 미주의 머리카락을 휘날렸다. 갈림길이 나타나자 승용차는 시내가 아닌 청수호로 향했다.

계속 오르막길이 이어졌다. 산허리 양지바른 곳에 홍호리 마을이 보였다. 옹기종기 모인 마을에 따뜻한 봄

볕이 내리쬐는 모습을 보니 문득 저곳에 살면 참 좋겠다는 생각이 들었다. 하지만 미주가 탄 차는 홍호리를 지나쳤다.

심드렁해진 미주는 창밖만 바라봤다. 구불구불 올라가는 길옆으로는 가파른 산비탈이 있었는데, 높은 곳에서 떨어진 트라우마 때문에 아찔한 기분이 들었다. 푸릇한 신록이 돋아나는 잡목림 사이로 청수호의 검은 수면이 보였다. 금방이라도 그 안으로 빨려 들어갈 것 같아 시선을 돌렸다.

딸깍딸깍.

다시금 깜빡이 소리와 함께 차는 왼쪽 산길로 좌회전했다. 어떤 이정표도 없어서 어리둥절했다. 순간 길을 잘못 들었나 싶을 정도로 일차선이 아닌 잘 닦인 이차선 도로가 나왔다. 고지대지만 너른 땅에 논과 밭이 있었고 조금 더 올라가자 궁서체로 '청호리'라고 새겨진 바위가 나타났다.

그 앞에서 차는 잠시 멈췄다. 엔진음만 들리는 차 안에서 미주는 주경을 쳐다봤다. 주경은 앞을 보다가, 운전석 차창 너머 멀리 보이는 청수호를 보다가 다시 앞을 봤다. 주저하는 것 같았다. 왜인지는 몰라도 그동안 자신의 고향에 대해 말하지 않은 이유와 같지 않을까.

미주는 괜스레 미안해져 입술을 꾹 다물고 고개를 돌렸다. 그때 사이드미러로 희끗희끗한 게 비쳤다. 뒤쪽 잡목림에서 이쪽을 보는 어린 여자. 미주는 뒤돌아봤다. 뒤창으로 긴 댕기 머리에 하얀 한복을 입은 여자가 그 자리에서 가만히 서 있었다. 승용차가 움직였다. 미주는 눈살을 찌푸리며 멀어져가는 여자를 바라보다가 다시 앞을 봤다.

*

산비탈에 쌓아 올린 축대 곳곳에 진달래가 피었다. 키 큰 나무 때문에 정오인데도 그림자가 졌다. 다시 차가 멈췄다. 작은 초소와 길을 막는 차단봉 앞에서였다. 미주는 마을 입구에 이런 게 있다는 사실이 어리둥절했다.

"시골인데 사람이 경비를 서?"

"시골 무시해?"

"아니, 그냥 좀 과한 거 같아서."

"과할 것도 이상할 것도 없어. 필요하면 있는 거지. 근데 왜 아무도 안 나오지?"

여상히 대답하며 주경은 차창을 열었다. 봄인데도 찬 바람이 들어왔다. 차를 조금 더 이동해 초소 가까이에 댔다. 경비 초소 안에서 한 중년 남자가 졸고 있는 모습이 보였다. 빵. 주경이 경적을 울리자 화들짝 놀라 일어난 그가 손등으로 입가의 침을 닦고 창밖을 바라봤다. 그가 창문을 열었다.

"아, 온다는 게 오늘이었나? 옆엔 딸이고?"

"오빠한테 들었을 거 아냐. 잔말 말고 열어주지?"

"예민한 건 여전하네. 오랜만에 고향 친구 만나서 안부도 못 물어보냐?"

"전혀 반갑지 않아서."

누구에게든 언제나 상냥하게 대하던 주경이 눈앞의 남자에게는 날을 세웠다. 낯설기도 익숙하기도 한 모습이었다. 남들에게 뾰족하게 날을 세우던 자신의 모습과 닮았다고 미주는 생각했다. 그는 주경을 빤히 쳐다보다가 피식 웃었다.

"주경아, 싫다고 나간 것도 너고 다시 돌아오겠다는 것도 너야. 은혜롭게도 그런 너를 받아주겠다는데 싫어도 웃어야지."

"철식아."

남자의 이름을 부른 주경이 싱긋 웃었다.

"닥치고 열기나 해."

그제야 철식은 차단봉을 열었다. 주경은 지체하지

않고 차를 출발시켰다. 차가 오른쪽으로 꺾자 핸드폰을 꺼내는 철식의 모습이 시야에 들어왔다가 사라졌다.

　높다란 메타세쿼이아 나무가 양쪽으로 이어지는 도로를 지나자 산자락에 옹기종기 모여 있는 집들이 보였다. 집마다 너른 마당에 잔디가 깔렸고 그 앞으로 아스팔트 도로가 이어졌으며 제일 위에는 대리석 건물이 있었다.

　'엄마가 말한 특이하다는 건 저런 걸 말하는 걸까.'

　차는 그 건물 옆에 있는 한옥 앞에서 멈췄다. 미주는 주경을 바라봤다. 안전벨트를 풀고 내리려던 주경이 시선을 알아챘다.

　"왜?"

　"아무것도 아냐."

　물어보고 싶은 것이 많았지만, 나중에 묻기로 했다.

　"먼저 이장님 댁에 들르는 거니까 최대한 예의 바르게 굴어야 해."

　"좋은 사람이야?"

　차 문을 열려던 주경이 멈칫했다.

　"좋든 아니든, 여기서 살기로 한 거 그렇게 처신해서 나쁠 거 없으니까."

　하지만 엄마는 동네 아저씨한테 적개심을 드러냈

지. 은혜롭게 받아주니 싫어도 웃어야 한다며 빈정대는 사람에게는 당연한 반응이었지만. 과연 이곳으로 다시 돌아온 게 괜찮은 걸까?

"인사 잘하고 사고 치지 않을게. 잘 지내보지, 뭐."

미주는 그렇게 말하고 아까 주경이 그랬던 것처럼 싱긋 웃어 보였다. 그 모습에 주경이 눈을 흘겼다. 차에서 내린 미주는 주경을 따라 한옥으로 들어갔다. 푸릇한 잔디 위 포석을 밟자 안에서 누군가가 달려 나왔다. 하얀 한복을 입은 중년 여자가 두 사람을 보며 활짝 웃었다.

"신주경!"

여자는 신발을 신고 달려와 주경을 안았다.

"정아야, 잘 지냈지?"

정아라는 사람이 무척 반가워하는 데 반해 주경은 마지못해 인사하는 모습이었다.

"네가 없는 청호리에서 잘 지냈을 리가! 어휴, 꽃 같던 주경이 얼굴에 주름이라니. 너도 힘들었구나. 이렇게 왔으니 같이 잘 지내보자. 어머, 네가 미주구나? 어쩜 고등학생 때 주경이랑 판박이다. 반가워, 난 네 엄마 고향 친구인 현정아라고 해. 편하게 이모라고 불러."

"안녕하세요, 이모."

"그래, 어서 들어가자. 선생님이 기다리고 계셔."

정아는 상기된 표정으로 주경의 손을 잡고 집 안으로 이끌었다. 그 뒤를 쫓으며 미주는 정아가 입고 있는 한복에 시선을 뒀다. 아까 입구에서 본 여자도 하얀 한복을 입고 있었다.

'귀신인 줄 알았는데, 아닌가? 설마 민속촌처럼 동네 유니폼 같은 건 아니겠지?'

그렇게 생각하니 와락 인상이 찌푸려졌다. 다행히도 그건 아닌 듯했다. 댓돌에 신발을 벗고 툇마루로 올라 복도를 따라가는데 막 복도에 들어서던 남자애가 사복 차림이었다. 미주의 또래로 보이는 남자애는 맞은편에서 오는 정아와 주경 그리고 미주를 보자 멈칫거렸다.

"성이 어디 가니?"

정아가 반색하며 묻자 남자애는 슬그머니 뒤를 돌아봤다. 그곳에서 시끌벅적한 소리가 들렸다.

"그냥 바람 쐬러."

쭈뼛거리며 얘기하는데 정아는 남자애의 손을 잡고 대청마루로 갔다. 널따란 대청마루에 놓은 가죽 소파 위에서 네 명의 남자애들이 게임을 하고 있었다. 커다란 대형 텔레비전에서 총을 쏴 좀비를 죽이는 게임인데 요즘 청소년에게 꽤 많은 인기를 얻고 있었다.

"쟤들, 마을 아이들이거든. 얘들아, 잠깐만. 여긴 이제부터 우리 마을에서 함께 살 신주경 이모. 이 대모님의 소꿉친구야. 그리고 이쪽은 딸 한미주고. 잠시 밖에서 살았지만 다시 고향으로 돌아왔어. 미주는 열일곱 살이고 너희와 같은 학교에 다닐 거야. 잘 지내줬으면 해, 알았지?"

아이들은 소파에 삐딱하게 앉아 표정 없이 이쪽을 쳐다봤다. 좀비의 괴성과 플레이어의 비명이 잠시의 침묵을 메웠다.

"네."

한 명이 대답하자 나머지 세 명도 고개를 끄떡였다. 그리고 다시 게임으로 시선을 돌렸다. 정아는 못 말리겠다는 표정을 지으며 남자애 팔에 팔짱을 꼈다.

"주경아, 여긴 내 아들 황보성! 귀엽지? 미주랑 동갑이다. 너랑 내 아들이 같은 나이라니, 운명 같지 않아? 너희도 주경이랑 나처럼 잘 지냈으면 좋겠다."

그 말에 아이들이 키득거렸다. 얼굴이 빨개진 성은 별말 없이 입술을 꾹 다물었고 주경은 억지로 웃었다.

"대모님, 우린 여자애들이랑 말하면 안 돼요. 대부님께 혼난단 말이에요."

"너희 그러면서 학교에선 다 얘기하고 다니는 거 알아."

그때 건넛방에서 정장을 입은 중년 남자가 나왔다.

"대모님께서 규율을 어기라고 하는 건 잘못입니다."

희끗희끗한 머리카락을 뒤로 넘기고 금테 안경을 걸친 남자는 말투마저 딱딱하고 차가웠다. 그의 등장에 아이들이 움찔거리며 텔레비전에 시선을 뒀다. 날카로운 눈이 주경과 미주에게 닿자 미주는 괜한 반항심이 들었다.

"인호 씨, 너무 딱딱하게 굴지 말아요. 마을 친구들끼리 인사 정도는 나눌 수 있잖아요."

정아가 입술을 삐죽 내밀자 인호는 한숨을 쉬었다. 그리고 정아를 가볍게 무시하며 주경을 보고 입을 열었다.

"선생님이 들어오시라고 합니다. 이쪽으로."

그가 앞장서자 주경은 정아의 손을 톡 치고 싱긋 웃었다. 이번엔 진심으로. 입술을 삐죽 내밀던 정아가 다시 해사하게 웃었다. 아이처럼.

미주는 주경과 함께 복도를 따라 걸었다. 공기 중에 향냄새가 났다. 앞서가던 인호가 멈춰서 왼편의 미닫이문을 열자 더욱 짙은 향내가 끼쳤다. 불당이나 신당에 자주 다녀 익숙한 냄새였지만 이건 더 독했다. 열린 문 너머로 벽에 걸린 족자 속 그림이 보였다. 인호와 주경은 익숙한 듯 먼저 방으로 들어갔고, 미주는 복도에 붙

박인 채 그 그림을 바라봤다.

하얀 한복을 입은 여자. 단정히 빗어 길게 땋은 머리에 댕기를 드리고 발밑으로는 구름을 밟고 있는 모습이 마을 입구에서 본 여자도 정아도 아니었다. 그 앞에 향이 피어오르고 있었다.

"미주야."

방 안에서 주경이 미주를 불렀다. 안으로 들어가자 책장에 꽂힌 책들과 고급스러운 책상 앞에 백발의 노인이 앉아 있었다. 은은한 미소를 머금은 그에게 시선을 두자 주경이 미주의 팔을 끌어 족자 앞으로 갔다. 영문도 모른 채 바라보자 주경이 말했다.

"먼저 선녀님께 인사해야 해. 절하자."

미주는 주경을 보다가 다시 족자 속 그림을 바라봤다. 구름 위에서 웃고 있는 건지 울고 있는 건지, 아니면 아무런 표정도 짓고 있지 않은 건지 모를 얼굴로 미주를 내려다봤다. 왜 주경이 이곳이 특이하다고 했는지 그제야 미주는 깨달았다.

*

오르막길을 오르는 마을버스 엔진음에 귀가 먹먹했

다. 버스가 덜컹거리자 연희는 앞좌석의 손잡이를 붙들었다. 멀미가 일어 창문을 열었다. 열린 창으로 신선한 공기가 들어왔다. 세찬 바람에 딸려 들어온 벚꽃잎이 교복 치마에 안착했다. 금방이라도 날아갈 것 같은 연분홍색 꽃잎을 잡았다. 고개를 들어 그 너머가 보이는지 눈을 가느스름하게 떴다. 이동하는 그림자들이 비쳐 들었다. 잠시 그림자를 바라보다가 핸드폰 투명 케이스를 열어 꽃잎을 넣었다. 케이스 안에 봄의 한 조각이 갇혔다. 연희는 피식 웃었다.

마을버스에서 내린 연희는 신록이 돋아나는 산을 가만히 올려다봤다. 내리쬐는 오후의 햇빛에 눈이 부셨다. 눈을 감자 부드러운 바람 소리와 청수호 물이 찰랑거리는 소리, 나뭇가지에 숨어 지저귀는 산새 소리가 들렸다. 마음의 평안에 만족스러운 미소가 절로 지어졌다.

그러나 그것도 잠시 언덕 위에서 남자애들이 내려왔다. 연희는 얼굴에서 미소를 지웠다. 잠시 눈길이 황보성에게 향했다가 앞으로 오는 아이들에게로 옮겨 갔다.

"야, 이연희! 토요일인데 학교 갔다 왔냐?"

연희는 문수의 말을 무시하고 언덕을 오르기 시작했다.

"씹냐?"

"어디서 개가 짖나……."

저 멍청이들이 매일같이 외는 마을의 규율이라 모를 리가 없었다.

14세 이상 남녀 청소년은 기도, 행사, 제사 등을 제외하고 한자리에 같이 있거나 대화하는 것을 금한다. 가끔은 그 규율이 원망스럽기도 했지만, 이럴 땐 좋기도 했다. 대놓고 무시할 수 있으니까.

"오, 세게 나오네? 너 쉬는 날에도 학교 가는 거 그 이상한 오컬트 동아리 때문이잖아. 어른들한테는 비밀로 할 테니까 용돈 좀 줘라."

"뭐?"

"피시방 가는데 돈이 부족하거든."

연희는 친구들과 단합하여 오컬트 동아리 '그믐'을 만들어 활동하고 있었다. 어른들 귀에 들어간다면 공부는 하지 않고 이상한 활동만 한다고 한 소리 들을 게 분명했다. 연희도 어른들, 특히 인호 삼촌이 신경 쓸 만한 일은 만들고 싶지 않았다.

연희는 손에 들고 있는 지갑을 의식하고는 뒤로 감췄다.

"너희는 나보다 돈도 많으면서 왜 그래?"

"다 썼으니까!"

문수의 말에 다른 아이들이 웃었다. 황보성만 빼고. 성은 아무 말 없이 땅만 보고 있었다. 이 상황이 불만이지만 관여하지 않겠다는 듯이. 연희는 입술을 잘근거리다가 지갑에서 만 원을 꺼냈다.

"비밀 안 지켜주면 너희가 이렇게 말한 것도, 돈 뺏은 것도 다……."

문수가 돈을 가져가며 말했다.

"인호 삼촌한테 이른다고? 알았어."

규율 중 하나, 이웃의 것을 탐하지 마라. 이 멍청이들도 다 알고 있었다. 그러니 입막음값으로 만 원은 싼편이었다.

"거봐, 내가 뭐랬어. 돈이 궁해도 곧 생긴다고 했지? 나는 재수가 좋다니까."

문수가 아이들과 낄낄거리며 버스 정류장으로 향했다. 청호산 정상을 찍고 회차한 마을버스가 때마침 내려오고 있었다. 연희는 오르막길을 올랐다. 그러다가 잠시 멈춰 뒤돌아봤다. 이쪽을 보고 있던 성은 연희와 눈이 마주치자 고개를 돌려버렸다. 순순히 돈을 준 걸 타박하는 눈치였다. 그 뒤에 대고 연희는 가운데 손가락을 치켜들었다.

연희 또래 남자애들 모두가 마을의 규율을 어기는

데 황보성 혼자만 고고하게 규율을 지켰다. 태어난 순간부터 열네 살이 될 때까지 붙어 다니던 연희와 성이었다. 함께 있으면 매일 수다가 끊이지 않았고, 모든 순간에 서로가 곁에 있었다. 하지만 열네 살 이후 성은 순식간에 변했다. 입을 다물고 함께했던 추억을 뒤로한 듯 무심하게 굴었다.

그러다 아빠와 언니가 자신을 두고 엄마가 있는 나라로 떠난 날, 성은 연희에게 말했다.

"나는 이장의 아들이니까, 더는 네 옆에 있을 수가 없어."

위로는커녕 무심하게 잘라내는 듯한 그 말은 십사 년의 추억도 손쉽게 끊어버리는 저주의 주문과도 같았다.

마을버스가 사라지고 평화로웠던 기분은 잡친 지 오래였다. 어깨를 늘어뜨리며 연희는 무거운 발을 끌고 길을 걸었다. 얼마나 걸었을까. 경비 초소에서 철식이 연희를 보고 반갑게 손을 흔들었다.

"안녕하세요, 아저씨."

시무룩하게 인사하자 철식은 고개를 갸웃거렸다.

"아니, 언제나 활기찬 연희가 왜 이리 힘이 없어? 쉬는 날 학교 가서 속상했어?"

희희낙락하며 나가던 남자애들과 비교되는 모습이

라 철식은 그렇게 짐작했다. 연희는 힘없이 고개를 내저었다. 진짜 이유를 말할 수도 없으니 그냥 입을 꾹 다물었다. 철식은 초소로 들어가 무언가를 가지고 나왔다. 두툼한 손을 내밀자 그 안에 초코파이가 있었다.

"우울할 땐 단게 최고지."

"감사합니다."

받아 들며 인사하는 모습에도 기분이 나아지지 않아 보였다. 철식은 얼마 전 대학 다니는 윗집 딸내미한테 간식을 줬더니 살 빼야 한다면서 거절하던 게 떠올랐다. 연희도 그런가 싶다가도, 이 조그맣고 깡마른 애가 살을 뺄 데가 어디 있나 싶었다. 그래서 다시 초소 안으로 들어가 초코파이 두 개를 집어 연희에게 건넸다. 아이는 또 꾸벅 인사했다. 턱을 긁던 철식이 손뼉을 쳤다.

"연희야, 얼른 집에 가봐."

"왜요?"

"너희 옆집에 새 가족이 왔는데, 거기에 너랑 동갑인 여자아이가 있어. 너 주위에 다 남자애들뿐이잖아. 그 아이랑 친해지면 좋을 것 같은데."

철식의 말에 연희의 얼굴이 봄꽃처럼 활짝 폈다.

"정말요?"

봄비가 연초록 잎사귀에 떨어졌다가 튕기는 것처럼

연희의 목소리가 톡톡 튀었다. 철식은 덩달아 미소를 지었다.

"학교도 같은 곳이라던데?"

"아저씨, 고마워요!"

연희는 힘차게 인사하고는 달리기 시작했다.

"아이고, 뛰지 마라. 넘어진다."

"네!"

하지만 연희는 더욱 빨리 뛰었다. 새로운 친구라니. 게다가 옆집에 같은 학교! 연희는 하늘을 바라봤다. 찬란한 해를 향해 속으로 외쳤다.

'제 소원을 들어주셔서 고맙습니다, 선녀님!'

숨이 턱 끝까지 차도, 길을 휘돌아 다시 오르막길이 이어져도 연희는 기쁜 마음으로 가볍게 달렸다. 탁탁 뛰는 발소리에 맞춰 맞은편에서 터벅터벅 못마땅하게 발을 내딛는 묵직한 소리가 들렸다.

연희는 달리기를 멈췄다. 벅찬 숨을 몰아쉬며 후끈후끈한 햇살 밑에서 고개를 들었다. 오른팔에 깁스한 여자애가 그늘진 내리막길을 내려오고 있었다. 그 여자애는 터벅터벅 걷다가 발걸음을 멈췄다. 눈 끝이 올라간 매서운 눈매가 자신을 올려다보는 연희를 바라봤다. 시선에 의문이 스친다. 누구지?

연희는 긴장으로 가방끈을 꽉 쥐었지만, 곧장 그 여자애에게로 달려갔다. 산그늘에 들어서자 서늘한 공기에 몸이 떨렸다. 여자애의 앞에 서서 숨을 헐떡이면서도 또래를 만난 기쁨에 미소를 지었다.

"안녕, 나는 이연희라고 해. 만나서 반가워."

*

미주는 정아가 헤어질 때 했던 말이 떠올랐다.

"너희 옆집에 인호 씨가 살거든. 그 집에 연희라고, 인호 씨 조카가 사는데 너랑 동갑이야. 착하고 밝은 애라 둘이 금방 친해질 거야, 우리처럼."

그렇게 말하며 정아는 주경의 팔짱을 꼈다. 정아의 행동으로만 보면 두 사람은 굉장히 친해 보였는데, 그에 동조하듯 웃는 주경은 전혀 그렇지 않아 보였다.

미주는 이장 집에서 나와 다시 차를 타고 내려와 바로 밑에 있는 집으로 갔다. 회색빛 대리석으로 만들어진 집이었는데, 그곳이 주경의 오빠, 즉 미주의 외삼촌 집이었다.

인사차 들른 그 집에서도 미주는 방에 고이 모셔진 선녀라고 불리는 여자 그림에 대고 절해야만 했다. 하기 싫었지만 어쩌겠나. 잘 지내보겠다고 선언한 지 몇 시간 되지도 않았다. 다행히 깁스한 팔 덕에 하는 시늉만 했다. 그리고 이장과 대면했던 것처럼 산적같이 생긴 외삼촌, 보살처럼 생긴 외숙모와 마주 앉았다.

잘 왔다, 미주를 위해서도 마음 다잡고 잘 지내보자, 하며 외숙모는 수다스럽게 말을 이어갔다. 반면에 외삼촌은 입을 꾹 다물고 있었는데 말수 없고 무뚝뚝해 보였다. 미주 입장에서는 갑자기 나타난 가족 중 한 명이라도 먼저 말을 걸거나 잔소리할 확률이 줄어든 셈이라 좋았다. 저녁 먹고 같이 기도 가자는 올케언니의 말에 주경은 고개를 끄덕였다. 미주는 자리에서 일어났다. 모두의 시선이 몰리자 아까 이장 집에서 성이 했던 말을 그대로 읊었다.

"바람 좀 쐬고 올게요."

그렇게 집을 나와 걷고 있는데 갑자기 눈앞에 연희가 나타나 대뜸 자기소개 한 것이다. 미주는 고개를 끄덕였다.

"한미주."

이름 석 자 알려줬을 뿐인데 연희는 해맑게 웃었다. 착하고 밝은 애구나. 미주는 다시 고개를 끄덕였다. 그러나 그뿐, 미주는 연희처럼 이 상황이 즐겁지만은 않았다. 괜히 어색하고 기분도 울적해서 한시라도 빨리 자리에서 벗어나고 싶었다. 미주는 주위를 두리번거렸다. 왼쪽에 산으로 들어가는 오솔길이 보였다.

"그럼······."

급히 헤어짐을 고하고 미주는 길 건너 오솔길로 들어섰다. 찬 바람에 입고 있는 바람막이 점퍼 끝을 이로 물어 왼손으로 지퍼를 목 끝까지 올렸다. 문득 낙엽이 바스라지는 소리에 힐끗 뒤돌아보자 연희가 쫓아오고 있었다.

"왜, 왜 따라와?"

"여기 가면 안 돼."

미주는 산속으로 끝없이 이어지는 길을 봤다. 가면 안 된다는 말에도 걸음을 멈추지 않고 물었다.

"왜? 길 잃어버릴까 봐?"

어쩌면 산 정상으로 이어지지 않을까 하고 단순히 생각했는데. 연희의 두 눈을 빛내는 모습이 마치 오랜만에 만난 친구처럼, 꼭 엄마를 본 정아 같아서 미주는 부담스러웠다. 잠시 혼자 있고 싶어서 피해 온 길인데 쫓아오는 연희는 계속 뒤를 돌아봤다.

"아니, 규율이 그렇거든. 여긴 남자 어른들만 올 수 있어."

그 말에 미주는 걸음을 멈췄다. 아까도 규율이 어떻고 했던 게 기억나서였다.

"마을에 규율이 많나 봐?"

"응, 좀 많긴 해."

"규율도 그렇고, 그림에 대고 절하는 것도 그렇고……. 여기 사람들은 전부 그 그림 속 여자를 믿는 거야? 그러니까 사이비종교처럼?"

그동안 얘기하지 않았던 엄마의 특이한 고향. 일부러 산속에 숨은 듯한 마을과 그곳을 지키는 경비. 하얀 한복을 입은 여자들. 그와 비슷한 차림을 한 선녀 그림과 지켜야 하는 수많은 규율까지. 모르는 게 더 이상한 것들투성이기에 숨 막혀 하는 주경을 볼 때마다 미주도 덩달아 목구멍이 조여들었다.

미주의 질문에 연희는 입술을 달싹였다. 화를 내며 부정할 거라 생각했는데 순순히 고개를 끄덕였다. 미주는 돌아서서 계속 걸었다. 눈가가 홧홧했다.

이곳을 도망친 엄마는 자신 때문에 이곳으로 돌아온 것이다.

연희가 종종걸음으로 따라오며 조심스럽게 물었다.

"괜찮아?"

"안 괜찮으면 어쩔 건데?"

다른 선택지가 없으니까 이곳으로 돌아온 것이다. 어쩌면 생각보다 엄마가 많이 힘들어서 그럴지도 모른다고 미주는 생각했다. 이런 곳이라도 의지할 사람은 있으니까. 그런데 어떻게 내가 싫다고 말할 수 있을까.

미주와 연희는 서로 아무 말 없이 산을 올랐다. 갑자기 길이 평평해지더니 우거진 수풀과 무수한 돌탑 너머로 커다란 나무가 보였다. 막 돋아나는 이파리 사이로 햇빛이 부서졌다.

"신수야."

고요하고 경이롭기까지 해서 우뚝 서 있는 미주를 지나치며 연희가 중얼거렸다.

"선녀님이 저기에 깃들어 계신대. 한 해에 두 번, 그러니까 초여름과 늦가을에 동제를 지내거든. 그때 어른들이 이곳에 와서 선녀님께 인사하는 거야. 마을의 평안과 번영을 비는 거지. 그리고 삼 년마다 아주 크게 제를 지내는데 그게 올해……. 왜 그래?"

커다란 만큼 오래 산 느티나무를 신격화하여 찬양하던 연희가 물었다. 너무 빤히 쳐다봤나 보다.

"너는 여기에 언제부터 있었어?"

"나는 여기서 태어났어."

"그렇다면 쭉 여기서 살았다는 거네?"

"응."

미주는 느티나무 앞에 있는 제단 옆 돌 턱에 앉았다. 느티나무 뒤로는 마을이 한눈에 내려다보였다. 연희가 다가와 그 옆에 앉았다.

"난 신이 있든 없든 상관 안 해. 살아가는 게 중요하지."

귀신들에게 죽지 않고 평범하게 살아가는 게 미주의 꿈이고 목표였다. 문득 미주는 이곳에서 도망칠 때 주경의 꿈은 무엇이었을지 궁금해졌다.

"아무리 사이비종교라지만, 네가 생각하는 것처럼 꽉 막힌 집단은 아니야. 관두고 싶으면 떠나도 되고, 규율도 마을 내에서만 엄격한 편이야. 존중만 하면 어른들도 이해해주실 거야."

"정말?"

미주는 믿을 수가 없어 되물었다.

"그럼. 우리 엄마는 외과의사인데 봉사하러 케냐로 가셨거든. 근데 많이 아프셔서 아빠랑 언니가 삼 년 전에 거기로 갔어. 그때 나는 어려서 삼촌네서 지냈고. 올해 1학기만 마치면 가족이 있는 곳으로 가기로 했어."

그 얘기에 불편하기만 하던 마음 한구석이 조금은 편해지는 느낌이 들었다. 사이비종교에 대해 편견이 있는 건 사실이니까. 조금 더 두고 봐야겠지만.

미주의 어깨에서 힘이 빠지는 걸 본 연희는 팔을 뻗어 손가락으로 마을을 가리켰다. 계단 형식의 부지에 지은 집과 건물을 소개했다.

"제일 위에 대리석 건물은 마을회관 겸 기도하는 곳이고, 그 앞 광장에서 동제를 지내. 그 밑에 한옥은 이장님 댁인데 어른들은 선생님이라 부르고 아이들은 대부님이라고 불러. 대체로 기도와 동제는 이장님이 주관하고."

정아를 대모님이라고 부르던 아이들이 떠올랐다. 그리고 주경을 기특하게 쳐다보던 대부라고 불리는 이장의 얼굴도. 정아보다 나이가 곱절은 많아 보였으나 눈빛만은 또렷했다.

"대모님은 선녀님 말씀을 전하는 전달자셔."

"그럼 이곳의 이장은 세습되는 건가?"

미주의 질문에 갑자기 연희가 웃었다. 연유를 몰라 눈을 깜박거리자 연희가 말했다.

"네가 생각하는 사이비종교의 기준이 어떤 건지 대략 알겠다. 세습이라니 되게 구리네. 이장은 마을 사람들이 추천하고 투표해서 뽑아. 다만 연임이 가능해서 그동안 대부님이 계속하셨던 거야. 하지만 좀 쉬고 싶다고 하셔서 우리 삼촌, 아니 작은아버지가 곧 이장이 될 거야."

"그렇구나. 근데 연임이 아주 오래됐지?"

미주가 빈정거리자 연희는 애써 모른 척하며 다시 다른 집을 가리켰다.

"저기 하얀 집이 우리 집이고 그 옆에 이층 목조 주택이 너희 집이야."

미주도 산과 면한 집에 시선을 두었다. 앞으로 살게 될 집인데 관심 없을 리가 없었다. 막상 이층집을 보자 이상한 기분이 들었다. 그동안 이곳저곳을 돌아다니며 지냈던 집들은 그다지 좋은 환경이 아니었다. 원룸, 오피스텔, 빌라의 반지하, 옥탑방에서 월세로 살 만큼 여유롭지 않았다. 이사도 자주 가야 했다. 엄마 혼자 늦게까지 일하는 게 안타깝고 미안해서 고등학교에 들어가서는 미주도 알바를 했지만, 그마저 병원비로 다 깎아먹었다. 그런데 이번 집은 멀리서 보기에도 비싸 보였다. 마치 부잣집 별장 같기도 했다. 어릴 때 집 그림을 그리면 응당 이층집을 그렸다. 그야말로 꿈의 집에서 살게 되었으니 기뻐야 하는데, 걱정이 앞섰다.

"또 이상한 표정 짓네."

"비싼 집이라 놀라서 그래."

"선녀님 덕분에 우리가 이렇게 잘사는 거라고 우리 삼촌, 아니 작은아버지가 그랬어."

연희 말대로 마을에 있는 집들은 하나같이 비싸고 멋져 보였다. 여느 도시의 고급 주택으로 이뤄진 전원 마을 같기도 했다. 마을 입구에 경비도 있으니 더욱 그랬다.

"다들 부자인 게 선녀님 덕분이라고?"

겸손도 하시지. 불퉁한 속내에 미주가 입술을 삐죽이는데 연희가 수줍게 웃었다.

"선녀님은 모두의 소원을 들어주시거든."

*

미주는 아침 해가 드는 이층 침대에 멍하니 앉아 있었다. 잠에서 깬 지는 오래지만 몸이 무거웠다. 아득한 저편에서 수줍어하던 연희의 목소리가 다시 들리는 것 같았다. 선녀님은 모두의 소원을 들어주시거든.

깜박거리는 눈이 간지러워 오른손을 들다가 뻣뻣한 움직임에 뒤늦게 깁스했다는 걸 깨달았다. 그 선녀님이 팔이나 빨리 낫게 해주시면 좋겠네, 하고 구시렁거리며 왼손으로 눈두덩이를 비볐다.

일층 방문이 열리는 소리가 났다. 비싼 집인데도 생활 소음은 여실히 들렸다. 일층 방에서 나오는 주경의 등 뒤로 짙은 향냄새와 연기가 뒤따라 이층 미주의 방까지 이르렀다.

"미주야, 일어나. 학교 가야지."

엄마는 아침 준비 중이었다. 달그락거리는 소리, 싱크대에 쏟아지는 물소리에 미주는 마지못해 무거운 몸을 일으켰다. 이곳에 이사 온 지 육 일째였다.

화장실로 가 세수를 했다. 짧게 자른 단발머리 한쪽이 뻗쳐서 혀를 차며 왼손으로 재주껏 머리를 감았다.

"미주야!"

교복을 입을 때 현관문 열리는 소리와 함께 자신을 부르는 연희의 목소리가 들려왔다.

"연희 왔니?"

"아줌마, 안녕하세요."

"밥 안 먹었지? 이리 와서 앉아."

"감사합니다. 아줌마가 해주시는 밥이 제일 맛있어요."

"어머, 정말?"

"저희 작은엄마한테는 비밀이에요."

"당연하지."

하하 호호 웃음이 가득한 부엌에 도착한 미주는 한숨을 쉬며 연희 옆에 앉았다.

육 일 동안 연희는 매일 미주 옆에 있었다. 학교에 함께 등교하고 하교해서는 미주 집에서 늦게까지 숙제하고 놀았다. 미주도 그동안 친구가 없던 것은 아닌데 연희처럼 이렇게 적극적인 친구는 처음이었다.

그래서 가끔은 혼자 있고 싶다가도 막상 혼자가 되는 밤이면 이런저런 생각에 머리만 아플 뿐이었다. 다행히 이곳의 밤은 유독 고요했다. 귀에 대고 뜻 모를 말을 중얼거리는 귀신도, 어둠 속에서 나타나 눈을 마주치려는 귀신도 이곳에는 없었다. 귀신이 사라졌다는 사실에 오히려 수많은 의문이 들어서 그 해답을 찾느라 잠을 잘 수 없었다. 미주는 자신이 이렇게 생각이 많았나 싶었다.

차라리 재잘재잘 떠드는 연희의 목소리가 훨씬 괜찮았다. 연희랑 있으면 미주가 굳이 말하지 않아도 되었다. 그저 미주의 존재만으로도 충분해 보였다. 시간이 지날수록 이래도 되나 싶은 건 미주였다.

"다녀오겠습니다."

먼저 밖으로 나온 미주는 연희가 운동화를 신는 동안 집을 돌아봤다. 처음 연희와 산에서 이 집을 봤을 땐 멋져 보였으나 가까이서 보니 거미줄이 바람에 나부꼈고 목재는 관리되지 않아 썩거나 비바람에 바닥이 들떴다. 주경은 몇 년 동안 집에 사람이 살지 않아서 손볼 데가 한두 곳이 아니라고 했고 미주의 외삼촌이 종종 와서 고쳐줬다.

"그래서 어제 진용이가 체육 시간에 백 미터 달리기에서 일등을 했다는 거야. 진용이는 어릴 적부터 심장이 안 좋았는데 기적적으로 좋아졌거든. 그러니 삼촌이랑 작은엄마가 얼마나 좋아했겠어?"

미주와 연희는 마을버스 정류장으로 향하고 있었다. 경비 초소 앞에 다다랐을 때 철식이 나왔다.

"안녕하세요."

"학교 가니? 잘 다녀와."

"네."

활기차게 대답하는 연희와는 다르게 미주는 중얼거리다시피 대꾸했다. 첫날 그가 주경에게 빈정거렸던 게 자꾸 떠올라서였다. 절대 좋아지지 않을 얼굴은 쳐다보지도 않았다.

"그래서?"

미주는 철식에게 인사하느라 끊긴 뒷말을 재촉했다.

"응? 아, 그래서 진용이가 삼촌한테 자기도 게임기 사달라고 조르더라. 우리 집은 진용이가 아직 어리다 보니 인터넷 연결을 끊어놨거든. 나도 우리 가족이랑은 메일로만 연락해.”

“밖에서 영통하면 되잖아.”

“엄마가 계신 곳이 인터넷이 안 된다고 해서.”

“너는 소원을 잘못 빌었어. 친구가 생기게 해달라고 할 게 아니라 하루빨리 가족을 만나게 해달라고 했어야지.”

“어차피 삼촌이 삼 년 후면 보내준다고 했으니 다른 소원을 비는 게 훨씬 낫지.”

연희가 까르르 웃었다. 선녀님이 소원을 들어준다고 했을 때 미주는 연희에게 물었다. 네 소원은 이루어졌냐고.

연희는 ‘어떠한 이유에도 떨어지지 않을 친구가 생기게 해달라’는 게 자신의 소원이었다고, 미주를 보며 발갛게 물든 얼굴로 말했다. 미주는 그때 연희가 참 이상한 애구나 싶었다. 그런 무시무시한 말을 아무렇지도 않게 얘기하다니.

바스락바스락. 마을 입구를 지나자 산에서 낙엽 밟는 소리가 났다. 미주가 고개를 돌려 보니 아까시나무 뒤에 하얀 옷자락이 보였다. 육 일 동안 또 알아낸 것은 저건 귀신이란 거다. 정아와 비슷한 옷을 입은 걸로 보아 마을에서 죽어서 그 주위를 맴도는 것 같았다. 무슨 이유인지 마을 안에 귀신은 없지만, 마을 밖 세상에는 여전히 귀신이 있다. 엄마의 지옥에 미주 자신이 원하는 소원이 있었다.

'불효녀가 따로 없다, 진짜.'

미주는 애써 귀신을 무시하고 앞서가는 연희를 따라갔다.

*

"안녕!"

"왔어?"

청호리 밖 시내에 위치한 동우고등학교 앞은 등교 시간이라 시끌벅적했다. 미주와 연희는 교실에 들어가 반 친구들에게 인사하고는 각자의 자리로 갔다. 연희는 앞쪽에 가서 앉았고 미주는 뒷자리로 가서 앉았다.

창가에 앉은 빛나가 빵과 우유를 먹다가 미주에게 알은체를 했다.

"먹을래?"

먹던 빵을 권하더니 책상 밑에서 새 빵을 꺼내 다시 권했다.

"괜찮아, 밥 먹고 왔어."

책가방에서 필통과 노트를 꺼내던 미주가 거절하자 빛나는 어깨를 으쓱였다.

"나도 먹고 왔어. 간식으로 먹는 거지."

빛나는 다시 빵을 한 입 베어 물고 우물거렸다.

"안녕, 좋은 아침이야."

막 도착한 송하나가 빛나 앞에 앉았다. 창으로 쏟아지는 햇빛을 후광 삼아 하나는 나긋하게 인사했다. 싱긋 웃는 미소가 눈이 부셨다. 자리에 앉은 하나가 물티슈를 꺼내 손을 닦으며 몸을 돌렸다. 그리고 자연스럽게 빛나가 책상에 올려둔 새 빵에 손을 뻗었다.

"어제 음방 봤어? 신인 남돌 데뷔 무대인가 본데 겁나 잘생겼더라. 보자마자 입덕했잖아."

빵 조각을 입에 넣으려던 하나가 멈칫하고는 빛나와 미주를 번갈아 봤다.

"아, 못 봤어?"

미주와 빛나가 멍하니 하나를 바라보기만 했다.

하나는 한숨을 내쉬며 고개를 숙였다. 고개를 들었을 땐 다시 생글생글 빛나는 미소를 짓고 있었다.

"그럼 너희는 그 시간에 뭐 했니?"

여린 목소리에 옅은 짜증이 묻어났다. 미주와 빛나

는 다시 서로를 쳐다봤다.

빛나가 먼저 말했다.

"난 운동했지."

"이번에 씨름부 폐지돼서 운동 안 해도 된다며."

"찌뿌둥해서. 그리고 살도 좀 빼려고."

빛나는 들고 있는 빵을 보고 어색하게 웃었다. 남긴 채로 봉지를 접어 서랍에 넣으려 하자 하나가 만류했다.

"갑자기 웬 다이어트? 마저 먹어, 남기면 맛없어. 먹은 만큼 운동하면 되지."

"그럼 너는?"

"나는 연희랑 수학 숙제했어."

"왜?"

하나가 버럭 소리쳤다.

"왜냐니, 숙제하는 데 이유가……."

"아니, 왜 숙제 있다는 거 지금 알려줘?"

그러자 빛나가 하나에게 자신의 노트를 건넸다. 미간을 좁히고 숙제를 베끼던 하나가 다시 뒤돌아봤다.

"너희, 오늘 약속 안 잊어버렸지?"

"아……."

미주는 하나의 시선을 슬쩍 피하며 옆 사람과 수다 떠는 연희를 원망스럽게 쳐다봤다.

연희가 같은 동아리에 들자고 하도 떼를 써서 들어간 동아리는 오컬트 동아리 '그믐'이었다. 뭐 하는 곳인지 먼저 묻지 않고 무턱대고 허락한 미주의 잘못이었다. 어차피 학교생활에 동아리는 필수가 아니니 그냥 이름만 올리자고 생각했다. 그곳에 하나와 갈 곳 잃은 빛나도 있었고, 그 덕에 더 친해질 수 있었다. 그런데 아이들은 저들끼리 계략을 꾸몄다. 미주 환영식 겸 폐가 체험을 가자고.

질색하며 가지 않겠다고 하자 연희는 울상을 지었다.

"너와 처음 하는 폐가 체험인데."

미주는 연희에게 그런 거 하지 말라고, 그런 음침한 곳에 얼마나 질 나쁜 귀신이 많은 줄 아냐고 잔소리했다.

"하지만 재밌을 텐데. 그럼 너 공부하는 거 내가 도와줄 테니까 같이 가면 안 돼?"

괜히 엄마한테 미안해서 이제라도 맘 잡고 공부하겠다고 했더니 그걸 빌미로 치사하게.

"너 거기가 어딘지 모르지?"

노트에 코를 박은 채로 하나가 물었다. 미주는 알고 싶지도 않았다. 그런 마음을 눈치챘는지 부지런히 숙제를 베끼던 하나가 고개를 들어 주위를 살폈다. 하나의 이야기에 귀 기울이는 건 두 사람밖에 없었다. 하나는 목소리를 낮추어 말했다.

"청호리와 홍호리 사이에 있는 폐병원이야."

청호리는 단순히 거천시에 있는 전원주택단지로만 알려져 있었다. 마을 사람 모두가 이상한 선녀를 믿는다는 사실은 알지 못한다. 외부에 선녀의 존재를 알리지 않는 게 규율이니까. 그래서 다들 조금 폐쇄적인 마을이라고만 알고 있을 뿐이다.

다른 반 남자애들은 반 친구들에게 어디 사는지 알려줬을지 모르지만, 연희는 반 친구들에게 청호리에 산다고 말하지 않았다. 오직 친한 몇 명만 알았는데, 옆 반인 그믐 회장 준영은 홍호리에 살아서 자연스레 알고, 하나와 빛나도 안다. 이제 미주도 청호리에 사는 것을 알게 됐으니 이렇게 속닥거리는 것이다.

미주는 눈동자를 굴렸다. 하나가 얘기하는 폐병원은 오가며 보지 못했다.

"숨겨져 있어서 몰랐을 거야."

미주의 속내를 눈치챈 하나가 씩 웃었다. 숨겨졌다고? 왜? 하나는 밀당을 아는 자였고 충분히 궁금하도록 뜸을 들였다. 호기심은 죄악이다. 그토록 질색하고 가까이 가면 안 되는 위험한 곳일 텐데. 그 끝을 알면서도 미주는 결국 참지 못하고 패배를 선언하고야 말았다.

그믐 멤버들은 학교가 끝난 뒤 모여 편의점에 갔다. 간단하게 끼니를 때우며 해가 지기를 기다렸다가 새빨간 노을빛이 서산을 물들일 때 마을버스를 탔다. 아이들은 재잘거리며 버스의 움직임대로 몸을 움직였다. 좌회전하면 왼쪽으로 몸이 쏠렸고 가드레일을 따라 크게 오른쪽으로 핸들을 돌리면 창가에 앉은 연희에게 기댔다.

네온사인으로 물들던 창이 한참을 어슴푸레한 청수호를 비출 때 하나가 물었다.

"너 깁스는 언제 풀어?"

미주는 깁스한 오른팔을 내려다봤다.

"두 달 후."

"심하게 다친 거야?"

"부러졌대."

"아프겠다."

"아픈 건 모르겠고 자꾸 다쳤다는 걸 까먹어서 귀찮아."

"머리도 다친 건 아니고?"

"오, 그 생각은 못 해봤는데."

아이들이 한바탕 웃었다. 홍호리를 지나자 준영이

하차 벨을 눌렀다. 귀를 먹먹하게 만드는 엔진음이 잦아들었다. 청호리 정류장에 버스가 멈추자 아이들은 버스에서 내렸다. 물비린내와 풀 냄새가 섞인 선선한 바람이 불어왔다. 개구리 울음이 들리는 도로를 따라 아이들은 걸었다.

하나가 말했다.

"준영이네 오빠가 두 명이잖아. 진짜 거천시에서 모를 사람이 없을 정도로 사고뭉치였는데. 어릴 적에는 순진한…… 아니, 음흉한 준영이를 많이 데리고 다녔지."

"뭐래."

준영이 피식 웃었다. 거천시에서 가장 공부를 잘했으며 선생님들도 준영의 명문대 진학을 확신했다. 묶은 머리에 은테 안경을 쓴 냉철한 이미지의 준영은 음흉과 거리가 멀어 보였다. 공부 외의 것에 꽂히면 끝을 볼 정도니 그믐을 만든 게 그 맥락일까.

"어릴 적부터 온 동네를 헤집고 다니다가 그 병원도 발견한 거 아냐. 요양원이던 곳이 망한 것 같은데, 그 주위로 측백나무가 빽빽하게 서 있어서 잘 몰랐던 거지."

"맞아, 그때 오빠들이랑 신기해서 몇 번 갔다가 어느 순간부터는 안 갔거든. 근데 며칠 전에 혹시나 해서 가봤는데, 그대로 있더라고."

"혼자?"

물어보는 빛나의 목소리가 떨리는 것으로 보아 무서운 모양이다.

"응, 혼자."

"쟤 혼자 폐가나 흉가 자주 찾아다닌다. 꽤 지역구야. 그리고 쟤 얼굴 가리고 영상 찍어서 유튜브에 올려. 구독자 꽤 많던데."

하나가 속닥거리자 준영이 한숨을 내쉬었다.

"너 비밀이라는 말이 무슨 뜻인 줄 알긴 하니?"

준영의 비밀을 말하고도 하나는 전혀 미안한 기색 없이 키득거렸다.

"우리 사이에 비밀이 어딨어?"

하나의 넉살에 미주는 연희를 보았다. 그래서 규율에 해당하는 것만 빼고 애들한테 다 말했구나. 우리가 어디에 사는지. 네가 삼촌네에서 지낸다는 것도 아이들은 알겠구나.

미주의 속마음을 알아챈 듯 연희는 빙긋 웃었다. 미주는 다친 팔에 힘을 줘봤다. 찌르르한 통증이 일었다.

'언젠가 나도 이 아이들한테 왜 이 팔을 다쳤는지 그 연유를 말할 수 있을까?'

도로에서 벗어난 아이들은 좁다란 농로를 걸었다. 드문드문 있던 가로등 불빛도 닿지 않는 길에서 아이들은 핸드폰을 꺼내 손전등을 켰다. 창백한 불빛이 수풀 위로 내달려 우거진 나무 사이를 비췄다. 익숙한 듯 준영은 그 사이로 걸어 들어갔다.

잠시 수풀 밟는 소리가 이어지더니 앞서가던 준영이 멈추라고 손짓했다. 준영이 한곳을 비추자 일렬로 선 굵직한 나무 사이로 외부인이 들어오지 못하도록 쳐놓은 녹슨 철책선이 이어졌다. 다시 준영이 손짓하며 옆으로 걷기 시작했다. 켜켜이 쌓인 부엽토에 발밑이 불안정했다. 일렬로 선 아이들은 비틀거리며 나아갔다. 잠시 뒤, 끊어진 철책선을 찾아낸 준영이 그곳으로 들어갔다.

위태로운 걸음을 옮기자 갑자기 눈앞에 너른 터가 나왔다. 폐병원에 도착한 것이다. 아이들은 손전등으로 내부를 이리저리 비춰봤다. 페인트칠이 벗겨지거나 시커멓게 변한 삼층 병원의 외벽, 널빤지로 막은 입구, 유리가 깨진 창문 속 빛도 삼켜버릴 어둠을.

금이 간 콘크리트 바닥에 자라난 잡초가 발목에 스쳤다. 미주는 병원 옆 단층의 작은 건물을 바라봤다. 그곳도 낡았지만, 본건물보다는 상대적으로 깨끗해 보였다. 유리창도 깨지지 않은 상태였다.

아이들이 우르르 반대편으로 이동했다. 미주도 그 뒤를 따라갔다. 건물 옆으로 가자 철제로 된 계단과 비상문이 보였다.

"계단은 부식됐을 수도 있으니 밟지 마. 일층은 정중앙과 복도 양쪽 끝에 문이 있고 이삼층은 철제 계단 쪽으로만 비상문이 있는데 자물쇠로 잠겼어. 우리는 이쪽으로 들어갔다가 저쪽으로 나갈 거야. 아, 여기 지하도 있다."

준영이 일층 문을 열자 요란한 소리와 함께 문이 열렸다. 하나둘씩 안으로 들어가는데 빛나와 미주만 빼고 내딛는 걸음에 주저함이 없었다.

미주는 길게 뻗은 어두운 복도를 보았다. 손전등 불빛이 닿기도 전에 모여 있던 귀신들이 어둠 속으로 사라졌다. 불빛에 희끗희끗 팔이나 다리가 드러났다가 사라졌다. 하나와 연희, 빛나는 벌써 문 근처에 있는 화장실을 기웃거리고 있었다. 준영이 아직 문가에서 주춤거리는 미주에게 손전등을 비췄다. 준영은 밖에서부터 준비해 온 LED 손전등을 사용했다. 유튜버답게 핸드폰으로는 동영상을 촬영하면서.

미주가 눈살을 찌푸리자 아차 싶었는지 준영은 손전등을 내렸다. 준영이 핸드폰을 들어 보였다.

"오늘은 녹화만 뜨는 거라 나중에 편집으로 얼굴은 가릴 거야."

"그럼 목소리는 나온다는 말이네."

"싫으면 프로그램으로 목소리 바꿔줄까?"

"그게 더 이상할 거 같은데?"

준영이 피식 웃으면서 묻는다.

"왜 안 들어오고 그러고 있어? 무서워?"

미주는 눈을 굴려 건너편 대기실에서 고개를 내밀고 이쪽을 보는 남자 귀신을 봤다. 그 시선을 알아챈 준영이 돌아서며 손전등을 그곳에 비추었다.

"왜, 뭐 봤어?"

"궁금한 게 있는데, 혼자 이런 데 다니면 귀신한테 감기지 않아?"

아무리 기가 세더라도 귀신들을 찾아다닌다면 분명 귀신에게 영향을 받는 일도 있을 것이다.

"난 푸는 방법을 알고 있거든."

그렇게 말하며 준영은 교복 주머니에서 작은 봉지를 꺼냈다. 봉지에 든 걸 자세히 보니 팥이었다.

"대개 이걸 뿌리면 괜찮더라고. 그래도 안 된다면 말해. 아는 무당이 있거든."

아는 무당이 있는 건 미주도 마찬가지였다. 팥도 써

봤고. 그래도 귀신을 아주 못 막는 건 아니어서 준영이 준 봉지를 소중히 품 안에 넣었다.

먼지 쌓인 복도를 지나며 아이들은 처치실, 진료실, 대기실을 기웃거렸다. 접수대와 약제실을 가보니 탁상 달력은 이천십사년 삼월에 고정되어 있었다. 그러니까 이곳은 십 년 전에 멈춘 것이다.

원장실, 물리치료실, 방사선실은 가구나 철제 침대, 선반에 먼지가 잔뜩 쌓였을 뿐 청소만 한다면 흉흉한 폐가 같지는 않을 것 같았다. 그러나 그것도 잠시, 수술실 앞에서 아이들은 멈칫거렸다.

문을 열고 한 명씩 천천히 들어갔다. 의외로 연희가 먼저 들어갔는데, 내내 즐기는 느낌이라 미주는 고개를 절레절레 저었다. 연희의 교복 자락을 붙잡아 그 뒤를 따르는 빛나와 자신은 언제 어디서 귀신이 튀어나올까 봐 이렇게 무서운데 말이다. 다행히 음산한 것과는 다르게 귀신은 없었다. 안도의 한숨을 내쉬며 녹슨 수술대와 나뒹구는 수술 도구를 보고 있는데 별안간 뒤따라오던 하나가 소리를 질렀다.

"악! 염병, 깜짝이야!"

우렁차고 구수한 욕설에 모두가 멈춰 서서 하나를 바라봤다.

"뭐, 뭐야? 뭐 있어?"

마지막으로 준영이 허둥지둥 핸드폰을 이곳저곳에 갖다 대며 들어왔다. 그러다 철제 선반 유리에 비친 하나의 모습을 발견했다. 반사되는 불빛에 제 모습을 보고 놀란 듯했다. 하나는 마치 건전지가 다한 인형처럼 움직이지 않고 눈만 깜박였다. 자기 모습을 보고 놀란 것보다 욕을 해서 당황한 것 같았다.

"진짜 깜짝 놀랐네."

연희가 웃었다. 빛나도 따라 웃었고 준영은 영문을 몰라 하는 미주에게 짧게 설명했다.

"쟤, 욕을 할머니한테 배워서 그래. 이성이 가출할 때 욕하는데 그냥 이해해."

"아씨, 왜 얼굴이 창백하고 지랄이야. 처녀 귀신인 줄."

"네 얼굴이라니까."

하나의 말에 준영이 핀잔을 줬다. 미주는 이 친구들에 대해 알아갈 게 많다고 생각했다. 조금은 이 환영식 겸 폐가 체험이 재밌어졌다.

이층과 삼층의 입원실을 둘러봤다. 아직 입원실에 머무르는 귀신 몇몇이 아이들을 바라봤다. 그들도 오랜만에 본 사람이 신기한 눈치다. 다행히도 그들은 선뜻

다가오지 않았다. 품 안에 넣은 봉지에서 손을 뗀 건 옥상에 올라가서였다.

"와."

오래된 건물 특유의 텁텁한 냄새와 오래도록 밴 소독약 냄새가 밤바람에 씻겼다. 상쾌한 밤공기를 폐부 가득 크게 들이쉬며 하나는 가로등이 보이는 도로를, 빛나와 연희는 무수한 별을 담은 하늘을, 준영은 어둠 구석구석을 바라봤다. 미주는 건물 뒤가 보이는 난간으로 갔다. 산 뒤로 청호리 마을의 불빛이 보였다. 생각보다 이곳과 가까워서 고개를 쭉 빼어 보는데, 밑에서 쾅 소리가 났다. 아이들의 시선이 미주 쪽으로 향했고 미주의 시선은 아래쪽으로 향했다.

작은 불빛이 산과 연결된 철책 사이의 문을 비췄다. 누군가가 문을 여닫은 것이었다. 불빛은 천천히 병원 쪽으로 다가왔다. 미주는 불빛을 껐다. 그리고 아이들에게 작게 속삭였다.

"누가 왔어. 일단 불은 하나만 켜고 나가자."

"우리를 봤을까?"

"모르겠어. 근데 걸음이 느긋한 걸로 봐서 아직은 모르는 것 같아."

아무래도 이곳은 사유지라 들키면 난감해질 만했

다. 주인이 아니라 해도 그건 그것대로 무서운 상황이고. 준영의 불빛만 남겨두고 아이들은 불을 껐다. 사위는 금방 어두워졌다.

준영을 필두로 아이들은 계단을 내려갔다. 최대한 소리 내지 않으려고 했지만 고요한 건물에서는 숨소리마저 크게 들렸다. 이층에 접어들었을 때 연희가 핸드폰을 떨어뜨렸다. 핸드폰은 입원실 복도까지 미끄러졌다. 중간에서 내려가던 연희가 뒤돌아보자 제일 뒤에 있던 미주가 그쪽으로 갔다.

"내가 주울게, 가."

잠시 멈칫거리던 아이들이 다시 뛰기 시작했다. 일층으로 내려가자 밖에서 잔돌 밟는 소리가 들렸다. 준영이 최대한 불빛을 가리며 복도를 가로질러 들어왔던 입구로 나갔다. 우르르 나가서 문을 닫는 순간 맞은편 복도 끝에 난 문이 열렸다. 아이들은 헐떡이며 안도의 한숨을 내쉬었다. 누군지 모르지만, 건물로 들어서는 걸 보면 아이들의 손전등 불빛을 보고 온 듯했다.

그때 연희가 짧게 숨을 들이켜며 말했다.

"어떡해, 미주가 없어."

*

　핸드폰을 줍고 돌아서려던 미주는 창 너머로 보이는 별관 건물을 보고 멈췄다. 도망가야 한다는 마음이 앞섰지만, 그 건물 앞에 있는 여자에게 눈을 뗄 수가 없었다. 하얀 한복을 입은, 마을 입구에 있던 귀신. 왜 여기에 있는 건지 의문스러운 그때, 그녀가 그 건물로 들어갔다.

　미주의 어깨가 움찔거렸다. 일층 문이 닫히는 소리가 들렸다. 아이들은 최대한 조용히 나가려 했을 테니, 산에서 내려온 사람이 건물로 들어온 것일 테다. 미주는 발소리를 죽여 일층으로 내려왔다. 불빛이 일층 원장실 쪽에서 흘러나왔다.

　미주는 비상문을 보며 들키지 않고 도망칠 수 있을지 가늠했다. 원장실에 있는 사람이 나오는 순간 들킬 거리였다. 미주는 지하로 향하는 계단을 확인했다. 그다지 현명한 생각이 아니란 생각이 들었어도 달리 방법이 없어 계단을 내려갔다.

　지하로 내려서자 싸늘한 공기가 훅 끼쳤다. 재빨리 핸드폰 손전등을 켰다. 일층 쪽으로 귀를 기울이고 도망칠 곳을 찾았다. 창백한 불빛이 '영안실'이라 적힌 팻말

을 비췄다. 알고 싶지 않은 정보였다. 복도 끝에 비상문
이 보였다. 뒤를 살피며, 절대 문짝이 떨어져 나간 영안
실 안에 시선을 두지 않고 성큼성큼 걸어갔다. 손전등을
켜둔 채 핸드폰을 치마 주머니에 집어넣고 차가운 비상
문의 손잡이를 붙들었다.

어둠 속에서 힘을 주고 온몸으로 문을 밀었다. 그러
나 덜컥거릴 뿐 열리지 않았다. 방화문이 아닌 부실한
새시 문인데도 꿈적도 하지 않았다. 몇 번 더 시도하다
가 혹시 어디가 걸린 게 아닌지 살피려고 핸드폰을 꺼냈
다. 어두운 탓에 핸드폰 앞뒤를 착각해 갑작스러운 불빛
이 미주의 눈을 찔렀다. 눈을 손등으로 비비며 앞을 보
는데 순간 섬뜩한 기분이 들었다. 옆 시야에 자신과 나
란히 선 누군가가 보였다.

천천히 옆을 봤다. 거죽만 남아 깡마른 남자 귀신이
문을 보며 서 있었다. 그는 몸을 부르르 떨었다. 너무 놀
란 미주가 문을 열려고 애썼다. 그 움직임에 남자의 고
개가 미주에게로 향했다. 그가 속삭였다. 그 속삭임은
점차 커졌다.

"그분이 깨어날 것이야. 그분이 깨어날 것이야. 그
분이 깨어날 것이야."

이를 악물던 미주가 두려움을 참지 못하고 비명을

지르려는 순간 문이 열렸다. 빛나의 굳센 손이 미주의 손을 잡아당겼다. 그들은 절대 밟으면 안 된다던 준영의 경고에도 철제 계단을 뛰어올랐다.

"서둘러!"

빛나는 미주의 손을 꼭 잡은 채 너른 터를 가로질렀다. 앞서가는 빛나의 뜀박질이 빨라서 넘어질 것 같았다. 그때마다 빛나가 꼭 쥔 손에 힘을 줬다. 나무 사이로 불빛이 반짝였다. 그곳에 준영과 연희, 하나가 있었다.

"괜찮아?"

"쉿!"

그들이 도착하자마자 준영이 불을 끄고 아이들은 나무 뒤로 숨었다. 건물에서 나온 남자가 손전등으로 주위를 비췄다. 숨죽이던 미주의 눈에 남자의 얼굴이 들어왔다. 오가다 몇 번 얼굴을 봐서 단번에 알 수 있었다. 청호리 청년회장 조동산. 그가 불빛을 이리저리 비추며 이쪽으로 천천히 다가왔다. 들키는 건 시간문제였다.

그때 어디선가 방울 소리가 들렸다. 하나가 아닌 여러 개가 동시에.

동산은 급히 주머니에서 핸드폰을 꺼내 어딘가로 전화하며 별관으로 달려갔다. 그사이 아이들은 그곳을 빠져나왔다.

늦게까지 학원에서 공부하고 온 성은 교복을 갈아
입다가 이장의 부름에 밖으로 나왔다.

"따라와라."

긴말 없이 이장은 댓돌로 내려섰다. 부엌에서 성의
늦은 저녁 식사를 차리던 정아가 따라 나왔다.

"성이 배고플 텐데."

안타까워하는 정아의 말을 이장은 가볍게 무시했다.

"괜찮아요."

눈치를 보던 성은 쌩하니 대문 밖으로 나가는 아버
지를 잰걸음으로 쫓았다. 뒷짐을 진 이장의 발걸음은 꽤
빨랐다. 광장을 가로질러 산밑으로 내려가는 외길로 접
어들었다. 이장이 주머니에서 손전등을 꺼냈다. 어둑한
산길을 손전등 하나에 의지해서 걸었다. 성은 급히 나오
느라 맨발에 신은 운동화가 불편했다. 산에서 나뭇잎이
흔들리는 소리가 점차 커졌다. 봄바람이 어디로 휘몰아
치는지 소리로 분간할 수 있었다. 찬 기운이 목뒤를 스
치자 성은 몸을 움츠렸다. 겉옷도 입지 못해 코를 훌쩍
였다. 이장은 뒤돌아보지 않고 계속 걷기만 했다. 걸음
을 내딛는 바닥이 단단한 것처럼 꼿꼿하게.

성에게는 너무도 익숙한 뒷모습이었다. 아버지는 젊었을 때 기독교 목사로 청호산에 기도하러 왔다가 이 교도의 이능을 경험하고 전향했다고 했다.

"예수님의 가르침과 그에 대한 깨우침을 얻기 위해 무던히도 공부와 기도를 했습니다. 어느 날 길을 잃은 제게 한 사람이 말했어요. 청호산으로 가라. 그곳에 네가 찾는 기적이 있다. 그리고 기도하라."

이장은 성에게 종종 청호리의 유래에 대해 말했다. 기도하는 터가 청호리가 되었고, 청호리는 변재선녀를 기리는 마을이 되었다고. 마을의 부흥이 선녀님의 뜻이며 그걸 이루는 것이 자신의 사명이라고 했다. 이장은 마을을 이끌고 신념을 지켜내기 위해서 무척이나 노력했다. 믿음을 가진 마을에 하나둘씩 사람들이 정착했고, 이장은 스스로 그들의 버팀목이 되기를 자처했으니 가족에게 조금 엄격하게 대하는 아버지를 성은 이해했다. 그런 아버지를 존경했다.

성은 변재선녀를 기리는 청호리가 사이비종교 집단이라고 생각하지 않았다. 그냥 일반 마을과 같다고 생각했다. 그들도 매년 음력 일월 일일에 산신제를 지냈다. 단군은 마니산 참성단에서 하늘에 제를 올렸고, 지금도 풍어를 기원한다며 어촌에서는 별신굿을 한다. 선녀이

자 산신인 변재선녀를 기린다 해서 사이비종교라니.

'그렇다면 왜 외부에 뭘 믿는지 알리지 말라는 거야?'

언젠가 들었던, 모난 돌멩이처럼 이곳에 나타난 여자애의 목소리가 성의 상념을 깼다. 지난 기도 시간이 끝나고 떡하니 연희의 옆에서 투덜거리던 그 애의 말에 규율도 어기고 말을 걸 뻔했다.

변재선녀의 권능은 진짜다. 남들은 가뭄이나 태풍으로 흉년이 들었을 때 청호리는 매년 풍년이었고, 아픈 이를 건강하게 했으며, 가난한 이에게 재물을 줬다. 선녀님은 마을 사람들이 바라는 바를 이뤄주었다.

"그 어떤 소원도 이뤄주는 사실을 다른 사람들이 알게 된다면 너도나도 이곳으로 밀고 들어오겠지."

"그거 욕심 아니야? 너희끼리 잘 먹고 잘살겠다는 심보잖아."

이런 대화가 오간 적도, 그 아이가 이렇게 말한 적도 없다. 하지만 상상의 끝에서, 갈색의 눈동자가 찌를 듯이 성을 마주 봤다. 왜 상상에서 진 기분이 드는지 몰랐으나 기분이 나빠서 애꿎은 수풀만 걷어찼다.

그때 앞서가던 이장이 철책 문을 열었다. 그러고 보니 성은 이곳에 온 적이 없었다. 이곳은 출입이 금지된 곳이기 때문이다.

　　성은 이장을 따라 열린 문 안으로 들어갔다. 긴장으로 어깨가 뻣뻣했다. 평소 이 문 너머가 궁금하기는 했다. 친구들이 들어가보자고 유혹했지만, 성은 거절했다. 규율이니까. 아버지와의 약속이고 그것을 굳건히 지키는 것이 이장 아들의 몫이다. 그 신념으로 그렇게 친했던 연희와도 떨어졌고 말도 섞지 않았다.

　　긴장으로 땀이 차 옷에 손을 문질렀다. 금지된 곳으로 가다니. 드디어 아버지가 자신에게 마을의 비밀을 알려준다는 생각에 심장이 크게 쿵쾅쿵쾅 뛰었다. 자신도 어엿한 마을의 일원이 된 것이다. 너무도 기뻐서 그 어떠한 비밀이라도 기꺼이 받아들이겠다고 다짐했다.

　　우거진 나무 너머로 어둠에 잠긴 건물이 보였다. 있었는지도 몰랐던 처음 보는 건물. 그 근처에서 손전등 불빛이 깜박였다. 그 불빛은 일제히 이쪽으로 향했다.

　　"오셨습니까?"

　　인호 삼촌이 눈인사와 함께 고개를 숙이며 다가왔다.

　　"방울이 울렸다고?"

　　"한꺼번에 울렸다고 합니다. 예전에는 한두 개만 울렸던 걸 생각하면……."

　　"딸은?"

"별다른 이상은 없고, 그대롭니다."

일렁이는 불빛에 비친 낡고 텅 빈 삼층 건물이 흉물
스러워 보였다. 깨지거나 탁한 창문 안을 들여다보던 성
은 이동하는 어른들을 허둥지둥 따라갔다. 인호 뒤로 가
던 동산이 옆으로 다가온 성의 머리를 헝클었다. 이장과
인호가 별관으로 들어가자 동산이 닫히려는 문을 잡아
주었다. 그는 꽤 기특하다는 눈빛으로 성을 바라보며 작
게 속삭였다.

"놀라지 마."

'대체 비밀이 무엇이기에 경고하지?'

무엇이든 놀란 것처럼 반응하면 두고두고 놀릴 게
분명하니 의연하게 받아들이겠다고 생각했다. 연구실
과 자료실이 있는 일층 안쪽에 이층과 지하로 가는 계단
이 보였다. 불빛이 사람들의 위치를 알려줬다. 복도를
지나 계단 앞에 섰다. 지하에서 웅성거리는 소리가 들렸
다. 또 누군가 있는 것 같았다.

천천히 밑으로 내려가자 형광등 불빛이 흘러나왔
다. 철문 안쪽에 이장과 인호의 뒷모습이 보였다. 그 안
으로 몇몇 남자들이 장비 같은 걸 챙기고 있었다. 성은
철문을 지나기 전, 부적 몇 장이 문에 붙어 있는 걸 이상
하게 생각했다.

"말씀대로 회관 지하로 옮기겠습니다."

"그래, 그곳까진 오지 못할 거야."

인호가 뒷짐을 진 이장에게 묵례하고 동산과 함께 지하실을 치우기 시작했다. 이장이 고개를 돌려 성을 보고는 가까이 오라고 손짓했다. 철문을 지나던 성은 발밑에 놓인 붉은 선들을 보고 다시 멈췄다. 선들은 바닥 전체로 이어지고 휘어졌다. 그 공백을 메우듯 뜻 모를 붉은 한자가 적혀 있었다.

딸랑딸랑.

방울 소리에 눈을 들자 붉은 실 위에 묶어놓은 무수한 방울이 보였다. 한쪽에서 인호와 미주의 외삼촌이 실을 풀고 있었다. 성은 눈동자만 내려 그 아래를 봤다. 신호음을 내는 의료 장비와 병원에서 볼 법한 철제 침대가 보였다. 성은 침대 위에 누워 있는 사람을 보고 숨을 집어삼켰다.

그곳에 연수가 누워 있었다. 아버지와 케냐로 갔다던 연수가.

"너도 이제 곧 열여덟 살이니, 마을의 비밀을 알 때가 되었다."

　　두 주먹을 꽉 쥐고 터져 나오려는 비명을 참으며 성은 지하실에서 나왔다. 어느새 밖에는 트럭 두 대와 탑차 한 대가 있었다. 짐들을 옮겨놓고 돌아오던 동산이 잔뜩 굳은 표정의 성을 보고는 다가와 어깨에 손을 올렸다. 성은 아무 말 없이 동산을 빤히 쳐다봤다.

　　"별거 아냐. 지금은 혼란스럽겠지만 한숨 푹 자고 일어나면 괜찮아질 거야. 다들 그랬어. 먼저 돌아가는 거지? 여기 손전등 가져가. 산길 어두우니까."

　　동산은 손전등을 성에게 건네고 다시 안으로 들어 갔다. 손전등 버튼을 누르니 창백한 빛이 어두운 땅에 퍼졌다. 그곳으로 발을 내딛자 벽돌을 간 바닥인데도 푹 푹 꺼지는 느낌이 들었다. 넘어지지 않도록 균형을 잡아 철책 문 앞까지 왔다. 성은 문을 열고 철책의 경계를 넘었다.

　　다시금 산에 들어서자 바람에 나뭇잎이 이는 소리가 요란했다. 바람이 어찌나 센지 손전등의 불빛마저 치댔다. 그러다 몇 번 깜박이던 불이 꺼졌다. 순식간에 한 치 앞도 보이지 않는 어둠이 성을 덮쳤다. 당황해서 버튼을 눌러보고 흔들어봐도 불은 켜지지 않았다. 성은 뒤를 돌아봤다. 멀리 건물 앞에 트럭들의 불빛이 보였다. 다시 돌아가야 할지 고민이 되었다.

'삼 년마다 동제를 크게 지내는 이유가 뭔 줄 아느냐?'

철책 문을 잡은 성은 멈칫거렸다.

'삼십 년 전, 보현나무에 깃들어 있던 선녀님은 어느 순간부터 그 힘이 다하기 시작했다. 가뭄이 들고 가축들이 죽어나갔으며 집마다 가세가 기울었지. 혹여 우리가 무슨 큰 죄를 지어 천벌이 내려진 게 아닐까 싶었어. 하지만 우린 곧 그 해답을 찾았단다. 새로운 그릇이 필요했던 거야, 선녀님을 담을 여자아이가.'

야윈 연수의 얼굴이 떠올랐다. 연수는 죽은 듯이 누워 있었다. 의료 장비의 일정한 신호음이 그녀가 살아 있음을 알렸다.

혼자 남겨진 걸 알게 된 연희가 엉엉 울며 온 마을을 헤집고 다니던 기억이 났다. 성은 그 뒤를 따라다니며 흐르는 연희의 눈물을 닦아주고 싶었다. 그러나 규율 때문에 달리 어쩔 수가 없었다. 연희는 한동안 아빠랑 언니가 자기만 두고 엄마한테 갔다는 사실을 믿지 못했다. 달래는 어른들의 말을 거짓말이라고 일축하고는 자신도 따라가겠다고 몇 번이나 마을과 거천시를 빠져나갔으나 곧 인호와 돌아왔다. 몇 번은 강제였고, 마지막은 자발적이었다. 케냐에 도착한 연수한테 메일이 왔다며.

어둠 속에서 성은 머리를 쥐어뜯었다. 초조함과 당황스러움, 끝 모를 불안과 슬픔 그리고 분노가 치밀었다.

'삼 년마다 동제를 크게 지내는 이유가 뭔 줄 아느냐?'

다시금 이어지는 이장의 질문이 떠오르자 성은 달리기 시작했다.

'딸들마저 선녀님을 완전히 담을 수 없었단다. 고작 삼 년이면 끝이 났지. 그때마다 새 그릇으로⋯⋯. 딸 한 명이 삼 년을 버텨주고 다른 딸이 삼 년 그리고 또 다른 딸이⋯⋯. 그것만이 이 마을을 위한 고결하고 유의미한 희생이자 자신의 도리인 것이다.'

성은 뒤꿈치에서 찌릿한 통증을 느꼈다. 아파서 움찔거리다가 튀어나온 돌부리에 걸려 넘어졌다. 빛 속에서 넘어지면 세상이 뒤바뀌었을 텐데 어둠 속에서 넘어지니 어둠뿐이었다. 고대하던 비밀은 마을의 일원이기에 전혀 자랑스럽지 않은, 그저 저주 같았다.

"황보성?"

어두운 산에서 빠져나와 가로등 불빛에 들어서자 익숙한 목소리가 들렸다. 성은 매라도 맞은 것처럼 어깨를 움츠렸다. 연희였다. 연희는 학교에서 막 돌아온 것인지 교복 차림이었다. 버릇처럼 가방끈을 꼭 쥐고 고개를 든 성의 얼굴을 들여다보다가 달려왔다.

"넘어졌어? 너 다쳤잖아."

얼굴에 닿는 따스한 손길에 성은 뒤로 물러났다. 그런 그의 팔을 연희는 단단하게 붙들었다.

"지금 규율이 문제야? 너 피 난다고."

미주와 붙어 다니더니, 불퉁한 말투로 성을 꼼짝도 못 하게 한다. 그리고 사람의 시선이 닿지 않는 골목으로 데리고 가 계단에 앉게 했다. 가로등 불빛이 희미하게 새어 드는 곳에서 연희는 가방을 뒤적거려 물티슈와 작은 손가방을 꺼냈다. 물티슈로 성의 왼쪽 볼을 닦아내자 피가 묻어났다. 연희가 같은 쪽 소매를 걷고 팔꿈치를 닦았다. 그리고 손가방에서 연고를 꺼내어 상처에 발랐다. 그 모습을 멍하니 바라보는데 연희도 성을 바라봤다. 성은 황급히 시선을 돌렸다.

"왜 이런 걸 갖고 다니는지 궁금해? 나 자주 넘어지잖아. 예전에는 아빠랑 언니가 약 발라주고, 네가 나 일으켜줬는데. 이제는 혼자 하다 보니까 치료하는 것도 눈 감고 할 수 있다니까."

"미안해, 내가 이장의 아들이라."

"또 그 소리네. 네가 대부님 아들인 거 아주 잘 알고
요."

"그래서 아무것도 할 수 없는 내가 죽도록 미워."

이어지는 말에 연희가 다시 고개를 들었다. 성은 울
고 있었다. 시야에 희뿌옇게 변하는 연희의 얼굴이 일그
러졌다.

"미안해."

그렇게 말한 성은 더는 연희 앞에 있을 수 없어서
도망쳤다. 영문을 몰라 하는 연희만 새하얀 가로등 불빛
에 남겨둔 채로.

*

"계십니까? 계십니까?"

한 남자가 자꾸만 문밖에서 애타게 사람을 찾았다.
미주는 왠지 나가기 싫어서 숨을 죽이고 있는데도 끈질
겼다. 하는 수 없이 일어나 장지문을 열었다. 마당으로
나가 보니 양복을 입은 남자가 서 있었다.

"낭지님이십니까? 계시를 받고 왔습니다. 만민을
올바른 길로 인도할 수 있는 깨달음을 찾고 있거든요.
그 답을 알려면 이곳으로 가라 했습니다. 알려주실 수

있습니까?"

낭지가 누구지? 왜 저 남자는 나를 낭지라고 부르는 걸까? 미주는 사람 잘못 찾아왔다고 말하고 싶었다. 그러나 불어오는 바람과 일렁이는 커다란 나뭇잎에 시선을 빼앗겼다. 갑자기 사위가 어두워졌다. 그리고 누군가가 미주의 숨통을 틀어쥐었다.

"컥, 컥!"

미주는 밭은 숨을 내쉬며 손을 뻗었다. 어둠 속에서 남자의 얼굴이 드러났다. 광기에 사로잡힌 두 눈도.

"헉!"

틀어막혔던 숨을 몰아쉬며 미주는 잠에서 깼다. 기분 나쁜 꿈이었다. 다른 이의 몸으로 살해당하는 꿈. '계십니까' 하고 남자가 부를 때나 죽음을 맞는 그 순간에, 그 사람이 가진 감정이 고스란히 느껴졌다. 그중 두려움이 가장 컸다. 그 사람은 처음부터 알고 있었다. 저 손에 자신이 죽을 것이라고.

아직도 목에 남은 통증이 여전해서 손끝으로 목을 만지작거렸다. 꿈에서 자신의 목을 조르던 남자의 얼굴이 낯익었다. 지금은 잿빛 머리카락과 긴 턱수염을 길렀고, 세월이 지나 주름졌지만 그것들만 없애면 드러날 얼굴. 그 남자는 젊었을 적의 이장이었다.

'에이 씨, 망할 개꿈.'

창밖에서 빗소리가 들렸다. 희붐한 빛이 스며드는 것으로 보아 아침인 듯했다. 핸드폰을 확인하니 아직 일어날 시간은 아니었다. 그러나 다시 자기에는 악몽의 여운이 남아 눈을 감고 싶지 않았다. 그냥 일찍 일어나기로 하고 자리에서 일어났다. 평소에도 몸은 물먹은 솜처럼 묵직한데, 비도 내리고 악몽까지 꾸니 컨디션이 말이 아니었다.

눅눅한 방바닥을 지날 때 '계십니까' 하는 소리가 떠올랐다. 갑자기 불안한 기분에 심장이 크게 뛰었다. 애써 그 기분을 지우며 방문을 열자 문 앞에 선 검은 그림자와 맞닥뜨렸다. 화들짝 놀란 미주가 주경을 쳐다봤다. 헝클어진 머리카락 밑으로 풀려버린 주경의 눈이 미주를 마주 봤다.

"엄마?"

미주의 부름에도 주경은 아무 말 없이 히죽 웃었다. 덜컥 겁이 난 미주가 주경의 팔을 붙들었다.

"엄마, 정신 차려!"

그제야 주경의 눈에 초점이 돌아왔다. 주경은 주위를 둘러보더니 당황해했다.

"내가 여기에 왜 있지?"

그런 주경을 보고 미주는 덜컥 빙의가 떠올랐다. 종종 미주가 귀신에 씐 적이 있으니까. 그러나 그런 기척은 보이지 않았다.

"엄마 이제 괜찮아. 피곤해서 그랬나 보다."

"병원 가봐야 하는 거 아냐?"

"일단 봐서 인호 씨한테 물어볼게. 걱정 마, 별거 아닐 테니까. 학교 갈 준비 하고 내려와. 밥 차려줄게."

미주의 어깨를 다독이며 주경은 계단을 내려갔다. 미주는 그런 주경을 한참 동안 불안한 눈빛으로 쳐다봤다.

오늘따라 연희가 늦었다. 미주는 연희가 늘 와서 앉던 자리를 보며 걱정했다. 뭘 하는지, 오고 있는지 연희에게 메시지를 보냈으나 답은 오지 않았다. 간밤에 폐병원을 다녀온 뒤로 연희에게 무슨 일이 생긴 걸까? 어제 헤어지기 전에 준영이 모두에게 팥을 뿌렸는데, 그래도 잘못된 걸까?

아침에 주경의 일을 겪은 후로 미주의 불안감은 가시지 않았다. 미주는 아침밥도 먹는 둥 마는 둥 하고 가방을 멨다. 얼른 옆집으로 가볼 생각이었다. 학교 다녀오겠다고 웅얼거리며 다급하게 현관문을 열었다. 그리고 현관문을 두드리려는 남자와 마주쳤다. 깜짝 놀란 미주는 숨을 들이켰다.

'오늘따라 왜 이렇게 사람들이 문 앞에 서서 놀라게 하는 거야.'

미주는 앞에 선 동산을 노려봤다.

"학교 가니?"

미주는 어젯밤에 폐병원에서 그를 본 게 떠올라 경계하며 물었다.

"네, 엄마 불러드려요?"

동산은 열린 현관문 안을 슬쩍 보더니 고갯짓했다.

"너한테 볼일 있어서 온 거야. 엄마가 알면 걱정하실 테니 다른 데서 얘기 좀 하자."

그렇게 말한 동산은 남색 잠바에 달린 모자를 쓰고 비 오는 마당으로 나갔다. 미주는 입술을 삐죽이며 우산을 챙겨 나섰다. 빗방울 소리를 들으며 한적한 길에 선 동산과 마주 봤다.

"어제 네 친구들이랑 병원 건물에 온 거 알고 있어."

단도직입적으로 말하는 동산의 말은 심증이 아닌 확신이었다. 거짓말은 통하지 않을 터였다.

"그냥 호기심에 들어간 것뿐이에요."

"호기심이든 아니든, 다신 연희를 데리고 그런 짓

하지 마. 위험한 일을 부추겨서 애가 다쳤으면 어쩔 뻔했어? 연희는 우리 마을에서 가장 소중한……."

"저기요. 저희가 사유지에 들어간 건 죄송한데요, 지금 제삼자인 그쪽이 저한테 그런 얘기 하는 건 오버하는 거 같거든요. 훈계도 전후 사정 확실히 알고 나서 하는 거고요. 보호자도 아니면서……. 신고하시려면 신고하세요."

뭘 대단한 거 봐주는 거라고. 미주는 쌩하니 돌아서서 그 자리를 벗어났다. 이사 다니면서 이런 경우를 여러 번 겪었다. 어른이라는 이유로 미주를 낮잡아 보고 훈계하는 사람은 무척 많았다. 처음 몇 번은 순진해서 당하기만 했고, 몇 번은 당해놓고 억울해하다가, 나머지는 제 할 말을 다 했다.

사고는 같이 쳤는데 왜 자신만 못된 아이를 만드는지. 그렇다면 못된 아이의 본을 보여주면 되었다.

"미주야!"

옆집에서 연희가 허둥지둥하며 달려왔다. 머리카락은 뻗쳤고 입가에는 치약이 묻어 있었다. 평소 단정한 모습과는 달리 꽤 흐트러진 모습이었다. 해맑게 웃는 표정으로 보아 동산이 인호에게는 얘기하지 않은 모양이었다. 연희에게 손수건을 건네며 물었다.

"늦잠 잤어? 입가에 치약 묻어 있어."

"고마워, 뭣 좀 생각하다 보니 새벽이지 뭐야. 잠시 눈을 감았다 뜨니까 엄청 늦은 거 있지. 자면서 알람도 껐나 봐."

연희는 손수건으로 입가를 닦아냈다.

"아픈 게 아니라니 다행이야. 어서 가자."

미주는 뒤를 돌아 자신과 연희를 보는 동산을 다시금 노려보고는 발길을 재촉했다.

*

체육 시간, 줄을 서서 뜀틀 넘기 순서를 기다리고 있던 하나가 아이들에게 다음 탐사는 여우 바위라고 운을 뗐다.

"여우 바위?"

"응, 일명 자살 바위. 높은 낭떠러지 같은 곳인데 청수호 건너편에 있어. 전설에 신분을 초월한 남녀가 있었는데, 양반가의 자식인 남자가 기생인 여자와 도망가자며 그 바위에서 만나자고 했대. 먼저 남자가 도착했고 여자가 와서 함께 도망을 갔는데, 잠시 후 진짜 기생이 온 거야. 사실 남자와 같이 도망친 여자는 그 고개에 살던 여우였고. 잘생긴 남자를 홀려서 같이 도망간 거지. 이 사실을 모르는 기생은 하염없이 남자를 기다리다가 버려졌다는 슬픔을 못 이기고 그 바위에서 청수호로 뛰어내렸대."

"다음."

"어, 나다. 이따 다시 말해줘."

체육 선생님의 말에 연희가 출발 지점에 섰다. 호루라기 소리와 함께 힘차게 달려간 연희는 도약판을 밟고 뜀틀 위로 손을 짚어 뛰어넘었다. 너무나도 매끄러운 동작에 선생님은 칭찬했고 아이들은 손뼉을 쳤다.

"쟤는 운동신경 없는 것처럼 보여도 하면 잘해. 신기하단 말이야."

하나의 말에 아무것도 없는 곳에서 넘어진 연희가 떠올랐다. 미주는 인정한다는 뜻으로 고개를 끄덕였다.

"아, 그래서! 기생이 죽은 뒤 남자도 며칠 뒤에 자신이 여우에게 홀렸다는 걸 깨닫고 돌아오거든. 그렇지만 그를 기다리는 건 사랑하는 사람의 부고였어. 한동안 제정신이 아닌 채로 지내다가 결국 남자도 같은 바위에서 뛰어내려 죽음을 맞이하지."

"다음, 송하나."

"네, 선생님."

이때까지 진지하게 전설을 설명하던 하나가 상큼하게 웃으면서 앞으로 나아갔다. 며칠 전에 폐병원에서 깜짝 놀라 내뱉던 구수한 욕설이 떠올랐다. 호루라기 소리에 맞춰 하나는 달리기 시작했다. 도약판을 밟을 때, 하나는 뜀틀을 짚은 채로 멈췄다. 그리고 한 박자 느리게 제자리에서 뛰어 뜀틀 위에 앉았다. 아이들은 그 모습을 보고 배를 잡고 웃었다. 선생님이 허리에 손을 올리고 한숨을 쉬었다.

"선생님, 저는 여기까지인가 봐요."

"들어가."

"네."

뭐든 잘할 것 같은 하나는 몸 쓰는 것엔 쥐약이었다. 그걸 잘 아는 선생님은 더 다치게 두느니 하나를 열외시켰다.

"다음."

선생님이 미주를 부르자 미주는 깁스한 팔을 들어 보였다.

"다쳤으면 스탠드에 앉아 있지 왜 줄 서 있어? 다음!"

바닥에 앉아 있던 빛나가 힘겹게 일어났다. 하기 싫어 죽겠다는 표정으로 출발선에 섰다.

"표정이 왜 그리 죽상이야? 얼굴 풀고, 긴장 풀고."

"네."

"목소리 봐라. 배에 힘주고!"

빛나는 선생님이 하라는 대로 했다. 미주가 있는 스탠드로 온 하나가 설명했다.

"빛나도 저거 잘 못 하거든. 겁이 많기도 하고, 몸무게가 있어서 못 뛸 거라고 본인이 단정 지어 버려서."

아니나 다를까 호루라기 소리에 달려가던 빛나가 도약판에 발이 걸려 뜀틀과 함께 넘어졌다. 아이들이 달려가 빛나를 일으켜줬다.

"다친 데 없어?"

선생님이 묻자 빛나는 얼굴이 새빨개진 채로 고개만 흔들었다. 뜀틀을 다시 정리하고 빛나는 시무룩한 표정으로 돌아왔다.

"진짜 안 다쳤어? 괜히 창피하다고 아픈데 참지 말고."

"진짜 안 다쳤어. 뼈랑 살집은 튼튼하니까."

하나의 질문에 빛나는 풀 죽은 목소리로 대꾸했다.

"빛나 너는 씨름을 잘하니까 뜀틀은 못 넘어도 돼."

하나가 말하자 빛나는 어깨를 늘어뜨렸다.

"하지만 씨름부는 폐부됐는걸."

"아."

그 능력을 펼칠 곳이 더는 없다는 사실을 확인시켜 줄 뿐이어서 하나의 얼굴에 낭패감이 어렸다.

"너희 자꾸 집중 안 하고 수다 떨지. 당장 운동장 한 바퀴 뛰고 와!"

"네……."

아이들은 소리 없는 아우성을 치는 하나를 데리고 운동장으로 나갔다. 미주도 선생님께 깁스한 팔을 어필 했으나 두 다리는 멀쩡하니 괜찮다는 답만 돌아올 뿐이 었다.

운동장엔 3학년이 체육 수업 중이었다. 그래봤자 수험생이기에 몇몇은 스트레스도 풀 겸 축구를 하고 나 머지는 근처 등나무 벤치에서 응원 겸 쉬고 있었다.

계단을 내려가며 하나가 투덜거렸다.

"다들 날도 더운데 열심히구나."

빛나는 여전히 기분 좋지 않은지 먼저 뛰기 시작했다.

"야, 같이 뛰자. 같이 들어가게."

그러나 하나의 말을 듣지 못한 빛나가 처음에는 천 천히 달리다가 중간부터 점점 속도를 올렸다. 아이들은 그런 빛나를 멍하니 바라봤다.

"달리기 시작했다고 한 지 얼마 안 되지 않았어? 너무 잘 뛰는데?"

"그러게. 씨름할 때도 달리긴 하지만, 저렇게까진 안 달린 것 같은데."

연희와 하나가 벌써 반 바퀴를 도는 빛나에게서 시선을 떼지 못했다. 미주는 며칠 전 폐병원에서 자신을 데리고 뛰던 빛나를 떠올렸다. 달리기라면 자신도 남들한테 지지 않을 자신이 있었다. 하지만 그날 함께 달린 후 미주만 숨을 헐떡였다. 빛나의 달리기가 남다르긴 했는지 3학년 선배들도 축구를 멈추고 빛나를 홀린 듯 봤다.

"우리도 뛰자."

연희가 감탄만 하는 하나의 등을 밀었다.

"나는 달리기도 쥐약이라고."

얼마 뛰지도 않고 하나는 숨을 몰아쉬었다. 미주도 그 옆에서 하나의 등을 밀며 뛰었다.

"그래, 그 얘기나 더 해줘. 그 여우 바위 말이야."

"뭐? 지금 이렇게 뛰는 것도 힘든데 말까지 하라고?"

"지금 잘만 하고 있어. 설마 그 전설이 끝이야?"

하나는 숨을 골랐다. 작은 혀로 마른 입술을 핥고는 입을 열었다.

"칠십년대 이전에 그곳에서 사람들이 꾸준히 죽었나 봐. 산에 놀러 간 사람이거나 뭐, 진짜 죽으러 간 사람도 있을 테고. 잊힐 만하면 그러니 우리 엄마도 할머니한테 절대 그 근처에 가지 말라는 경고를 들었다. 아무튼 하도 그러니 마을끼리 십시일반 해서 무당한테 굿을 의뢰했지. 당시 거천시에서 유명하다는 무당이었는데 웬 남자와 나타나서 그곳에서 굿을 하고 원귀를 퇴마했대. 그래서 그 이후부터 더는 자살자가 안 나왔다는 이야기지. 아이고, 죽겠다."

 점점 빨라지는 말을 끝으로 하나는 가쁜 숨을 몰아쉬었다.

 "아직도 반이나 남은 거 실화야?"

 "그러니 어서 뛰자. 쉬면 더 힘들어."

 연희가 매정히 말하자 미주도 하나의 등을 밀었다.

 "야, 밀지 마. 좀 쉬게 내버려두라고."

 "잠깐, 3학년 선배들이 빛나랑 얘기하는데?"

 연희가 가리키는 곳으로 미주와 하나가 시선을 돌렸다. 그 말대로 3학년 학생 둘이 스탠드에 앉아 쉬는 빛나와 대화 중이었다. 그 모습에 하나가 먼저 뛰었다. 미주와 연희는 키득거리며 그 뒤를 쫓아갔다.

 그들이 도착했을 때 대화는 이미 끝났는지 선배들

은 돌아가고 있었다. 하나는 금방이라도 숨이 넘어갈 것처럼 헐떡거리며 스탠드를 기다시피 올라갔다.

"뭐, 뭐, 저, 선, 헉헉."

"하나야, 지금 너 하울의 움직이는 성에서 계단 올라가는 황야의 마녀 같아."

연희가 빛나의 옆에 앉으며 손등으로 땀을 닦았다.

"선배들이 뭐래?"

미주도 그 옆에 앉으며 묻자, 하나는 자기가 하는 말이 저 말이라고 손짓하고는 스탠드에 늘어졌다. 빛나는 어안이 벙벙한 얼굴로 중얼거렸다.

"나 잘 뛴다고."

"그래, 너 잘 뛰더라."

미주가 빛나의 어깨를 두드리며 인정했다.

"그래서 육상부에 들어오지 않겠냐고 물었어."

"뭐?"

아이들이 놀라 되물었다. 스탠드에 누웠던 하나도 벌떡 일어났다. 세상에. 우리 학교 육상부는 전국에서 알아주는데. 말 대신 손짓으로 그렇게 얘기했다.

"일단 테스트해봐야 하지만, 훈련 시작해서 잘만 하면 전국체전도 가능하다고."

"헐, 대박. 잘됐다."

"잘만 하면이야."

"잘만 하면서!"

빛나가 아직은 멀었다고 했으나 아이들은 빛나를 붙들고 발을 동동 구르며 축하했다. 시무룩했던 빛나가 그제야 헤실헤실 웃었다.

*

연초록의 나뭇잎들은 어느새 그 색을 덧입었다. 크기도 제법 커져서 내리쬐는 햇빛을 가렸다. 그 덕에 등산로는 그늘지고 바람마저 선선하니 산에 올라가기 딱 좋은 환경이었다.

"그러면 빛나는 오늘 이곳이 마지막 탐사겠네?"

빛나의 허리춤을 붙들고 올라가던 하나가 준영의 말에 고개를 돌렸다. 발갛게 상기된 얼굴로 그게 무슨 말이냐고 물었다.

"물론 우리 동아리도 중요하지만, 빛나는 한동안 자리 잡으려면 육상부에 집중해야지."

"냉정한 것."

말은 그렇게 해도 사실 하나는 준영이 말하기 전부터 그렇게 되리라는 걸 알고 있었다.

"너는 섬세하지 못해서 이런 내 맘을 이해하지 못해. 빛나야, 안 가면 안 돼?"

하나는 빛나의 팔을 끌어안고 떼쓰듯 흔들었다.

"아주 가는 건 아니니까."

꾸준한 달리기로 근래 살이 많이 빠진 빛나는 육상부라는 목표가 생기니 더욱 열심히 했다. 빛나는 이름대로 빛나고 있었다.

맨 뒤에서 걷던 미주는 등산로 옆 가파른 산비탈 너머 청수호를 봤다. 꽤 높이 올라왔는지 청호리로 들어가는 길목이 보였다.

"얘들아, 여기가 여우 바위인가 봐!"

한참이나 위에서 연희가 이쪽을 보며 손을 흔들었다. 연희 뒤에서 후광처럼 햇빛이 쏟아져 들어왔다. 준영과 미주는 서로를 바라보고는 하나 등에 손을 대고 밀었다.

이곳을 추천한 건 하나였다. 토요일이 빨리 오길 잔뜩 기대해놓고는 막상 등산 코스를 보고 기함했다. 본인이 간과한 게 있다면 체력이 바닥이라는 점이었다. 이곳을 오는 중간중간 더는 못 간다고 포기하려는 하나를 밀고 당겨 여기까지 왔다. 한참을 실랑이해서 나머지 아이들도 연희를 따라 빛 속으로 나아갔다.

몇 그루의 소나무와 암벽이 펼쳐진 탁 트인 공간이 나왔다. 이곳이 기영봉 여우 바위였다. 고개를 넘어가는 등산로는 한 명밖에 지나가지 못할 정도로 폭이 좁았고 평평한 바위 끝엔 여우 바위에 뿌리를 내린 소나무가 있었다.

인터넷에서 여우 바위를 검색하면 소나무 앞에서 셀카를 찍은 사진들이 나왔다. 소나무 뒤로 청수호가 펼쳐진 장관이 담겼다.

"우리도 사진 찍자."

아직도 높은 곳에 트라우마가 있는 미주가 핸드폰을 꺼냈다.

"내가 찍어줄게."

준영이 말했다.

"무슨 소리야, 셀카 봉이 있으니 다 찍을 수 있어."

"고소공포증이 있어서."

준영은 집요했다.

"너 그때 폐병원 옥상에서 괜찮았잖아."

"무섭다는데 왜 그래?"

하나가 눈치 없이 구는 준영의 팔을 잡아끌었다.

"단체 사진 남기고 싶어서 그래."

"미안, 나 높은 곳에서 떨어져서 팔 이렇게 된 거거

든."

"아…… 미안. 아팠겠다."

딱히 비밀은 아닌데도 억지로 말하게 한 것 같아 준영은 사과했다. 미주는 웃었다. 자신은 모두의 더한 비밀도 알고 있는데 이까짓 가지고, 뭘.

"단체 사진은 내려가서 얼마든지 찍어줄 테니 여기선 너희만 찍어. 자, 찍는다. 다 선 거지?"

"얘들아, 정신 바짝 차려. 영화 보면 이러다가 낭떠러지에서 단체로 떨어지더라."

"송하나, 닥쳐."

아이들은 어깨동무를 하거나 서로 팔짱을 끼고 포즈를 취했다. 셔터 소리가 연이어 이어졌다.

"뭐야, 연사야?"

"쉬지 말고 포즈 잡아."

놀라거나, 깔깔 웃거나, 한 손으로 브이를 하거나, 손가락 하트를 하는 아이들의 모습이 찍혔다. 아이들이 달려와 찍힌 사진을 보았다. 왁자한 웃음소리가 기영봉에 울려 퍼졌다. 오컬트 동아리 취지에 어울리지 않는 밝은 분위기인 건 분명했다. 그래도 상관없었다.

그때 청수호에서 바람이 불어왔다. 머리카락을 휘젓는 바람 사이로 방울 소리가 들렸다. 너무도 가까이에서. 미주는 소리가 들리는 쪽을 바라봤다. 준영이 기민하게 미주가 무언가 감지했다는 걸 알아챘다.

"왜? 뭐 있어?"

"방울 소리가……. 저번에 폐병원에서 들었던 소리가 들려서."

"그래? 지금 난다고?"

준영이 미주의 시선이 머문 자리로 향했다.

"저 소나무 밑에서. 절벽 쪽인 것 같은데?"

"그때 나 그 방울 소리 듣고 너무 놀랐잖아. 그런 소리가 날 곳이 아니었는데 하나도 아니고 한꺼번에 여러 개가 말이야, 그치."

어느새 다가온 하나가 빛나와 연희에게 말하자 아이들이 고개를 끄덕였다. 준영이 핸드폰을 꺼내 셀카 봉에 달았다. 낭떠러지에 있는 소나무 앞에서 무릎을 꿇어 앉는 준영을 나머지 아이들이 걱정스럽게 바라봤다.

"소리가 안 나는데?"

준영이 가만히 고개를 갸웃거렸다. 하나는 왠지 겁이 나 물었다.

"최준영, 뭐 해?"

준영은 셀카 봉을 길게 해서 미주가 말한 소나무 뒤편 절벽 쪽에 갖다 댔다. 요리조리 살피면서 찍더니 셀카 봉을 거둬들였다. 동영상을 찍었는지 준영이 그믐 단톡방에 방금 찍은 영상을 공유했다.

"이십팔 초쯤부터 보면 나무 뒤쪽에 뭔가 보이지? 이렇게 보면 방울은 아닌 것 같고, 보이지도 않고."

준영의 말대로 금이 간 암벽에서 튀어나와 휘어진 뿌리 틈에 불그스름한 게 보였다. 흔들려서 자세히 보이지 않았으나 붉은 칠이 된 단단한 무언가와 그 끝에 묶인 붉은 실이.

"야, 최준영!"

아이들이 동영상에 정신이 팔린 사이 준영이 바닥에 엎드린 상태로 왼손으로는 소나무를 붙들고 상체를 절벽 밖으로 내밀었다. 고개를 빼 나무 뒤쪽을 보는 모습이 위험해 보였다.

하나가 급히 달려가 준영의 두 다리를 붙들고 주저앉았다. 그 순간 균형을 잃은 준영의 몸이 앞으로 쏠리면서 둘의 몸이 주르륵 앞으로 미끄러졌다. 다행히 빛나가 하나의 허리를 감아 버텼다.

"야, 송하나. 갑자기 붙들면 어떡해. 놓쳤잖아."

"너야말로 목숨 아까운 줄 알아야지. 위험하게 어디다 몸을 내밀어?"

두 사람이 싸우는 걸 가만히 지켜보던 빛나가 하나

를 끌어당겼다. 안전한 쪽으로 끌어내자 준영과 하나는 연희와 미주의 도움으로 일어날 수 있었다.

"너희 괜찮아?"

"손에 닿았는데 놓쳐서 청수호에 빠졌어."

준영이 투덜대자 빛나가 한마디 했다.

"네가 무모했어. 큰일 날 뻔했잖아. 우리도 놀랐고."

그제야 준영은 아이들의 얼굴을 살폈다. 모두 깜짝 놀란 표정이었다.

"미안, 구해줘서 고마워."

"다신 그러지 마. 이번엔 우리가 있었지만, 너 혼자 다닐 때도 있으니까."

"응."

하나의 말에 준영은 순순히 수긍했다.

"근데 그게 뭐였어?"

연희가 참았던 질문을 했다. 준영은 손을 폈다.

"이 정도만 한 크기의 돌멩이인데, 한쪽은 빨갛게 칠해져 있고 한쪽 면이 오돌토돌해서 봤더니 글씨가 있었어. 자세히는 못 봤어, 놓쳤을 때 줄이 끊어져서 떨어지는 바람에."

"근데 그런 거 만지면 안 되는 거 아냐?"

"궁금해서 살짝 보기만 하려고 했는데……."

순간 바람이 일었다. 그렇게 청명하기만 하던 하늘에 잿빛 구름이 끼기 시작했다. 곧 비가 내릴 것처럼 바람에 흙냄새가 섞였다. 아이들이 갑자기 변한 날씨에 주춤거릴 때 미주는 사방에서 울리는 방울 소리에 귀를 막았다. 말 그대로 귀청이 찢어지는 듯했다. 연희가 비틀거리는 미주를 부축했다.

"업혀!"

빛나가 등을 내밀자 아이들이 미주를 업히고 그대로 산에서 내려갔다.

*

회관 지하에 결계로 친 방울이 일제히 울렸다. 그 앞에서 이장은 뒷짐을 지고 서 있었다. 경고처럼 울려대는 의료 기계와 침대 위에서 발작하는 연수 그리고 그를 살피는 인호를 지켜보는 중이었다.

그는 옆에 있는 성에게 말했다.

"얼마 버티지 못할 것 같군. 올해 동제는 좀 더 빨리 치러야겠구나."

눈앞에 벌어지는 일을 보고 성의 얼굴은 창백하게 질린 지 오래였다. 그때 아버지의 반대편에서 미주가 얼굴을 내밀었다. 언제부턴가 예기치 않게 미주의 환상이 불쑥 튀어나왔다. 성은 자신이 만들어낸 환상일 뿐이라고 애써 떠올리지 않으려고 했지만, 시간이 지날수록 환상 속 미주는 제법 그럴듯하게 움직이고 말까지 했다. 덜컥 겁이 나 성은 눈길을 피했다.

'악마 같은 놈들. 하나라도 더 가지려고 여자아이들을 희생한다니. 너도 알고 있었지? 그러니 그렇게 부끄러운 줄 모르고 나를 가르치려고 했겠지.'

'나도 몰랐어.'

성의 발악에 그 속내를 읽은 듯 미주는 비웃으며 고개를 바로 했다. 아버지에게 그 모습이 가려졌다.

'그런데 말이야.'

어느새 미주는 성의 오른편에 와 있었다.

'삼십 년이라고 했지? 여자아이를 제물로 삼은 게. 너는 그 아이들한테 미안하지도 않아? 몰랐다고 하면 끝이야?'

그 말에 더는 할 말이 없어서 성은 끝내 고개를 돌렸다. 미주가 이번엔 시선을 돌린 바닥에 쪼그려 앉은 채 성을 바라봤다.

'하긴 너는 평생 모르고 싶겠다. 계속 그렇게 외면하고 싶겠지. 근데 그동안 벌어진 일들과 앞으로 벌어질 일들을 계속 외면할 수 없을 거야. 그 업을 어떻게 갚겠어? 생각해봐, 이 상황에 눈 돌리지 말고 네 아버지가한 말 흘려듣지 말고. 다음 동제 때 다른 제물이 필요할거야. 그렇다면 누가 될 것 같니? 연수 언니 다음에 말이야. 열일곱 살인 나와 연희야. 아무것도 모르는 나일 수도 있겠지. 하지만 너희 아버지가 후환이 될 연희를 그대로 둘까?'

성은 제멋대로 떠들어대는 미주를 노려봤다.

'그게 무슨 뜻이야?'

미주는 약물에 다시 잠잠해지는 연수를 바라봤다. 깡마른 팔에 꽂힌 링거 주사기가 유일한 생명줄 같았다.

'연수 언니가 여기에 있다면 함께 갔다는 연희 아버지는 어디에 있을까? 너도 알다시피 딸들을 두고 혼자도망갈 사람은 아니잖아.'

성의 두 눈이 커졌다. 미주가 키득거렸다.

'빙고! 네 아버지는 아마 연희를 가족 곁으로 보내기로 하겠지. 그래도 눈을 돌릴 거야? 네 아버지가 청호리의 이장이라서? 뭘 그리 고민해. 그게 고민할 거리야? 너무 찌질해서 도저히 못 봐주겠네.'

그렇게 말한 미주는 더는 말하기 싫은 듯 이내 성의앞에서 사라졌다.

*

　미주는 잠에서 깼다. 어두운 방에 간접 등 불빛이 은은히 퍼졌다. 침대맡에 서 있는 주경과 눈이 마주쳤다. 흠칫 놀라자 주경이 불쑥 말했다.

　"너 아직도 귀신 보니?"

　"이 밤에 그걸 물어보려고 왔어? 그때처럼 몽유병은 아니지?"

　"궁금해서 온 거야."

　주경의 얼굴은 무척 피로해 보였다. 무엇이 엄마를 힘들게 하는 걸까? 미주는 여전히 자신 때문이라고 생각했다. 이 밤에 귀신을 보는지 묻는 걸 보면. 미주는 주경이 자신 때문에 포기한 것들을 모른 척했다.

　"여기선 안 보여. 엄마의 기도가 통하는 모양이야."

　미주의 대답에 주경이 긴 한숨을 쉬며 어깨를 늘어뜨렸다. 그 대답을 듣기까지 잔뜩 긴장한 모습이다.

　"그래, 그럼 됐어. 다시 자. 깨워서 미안."

　미주는 돌아서서 방을 나서려는 주경에게 물었다.

　"엄마는 여기가 사이비종교라서 도망친 거야?"

　이미 눈치는 챘지만, 그동안 모른 척하던 질문이었다. 답은 알 것 같아도 주경에게 확실하게 듣고 싶었다.

"응, 그때는 많이 잘못됐다고 생각했거든."

"그런데 왜 돌아왔어?"

"이제는 받아들이기로 했어. 괜찮아, 지금 엄마는 행복해. 어서 자, 내일 학교 늦겠다."

"응."

끝내 미주는 방을 나서는 주경에게 미안하다고 말하지 못했다. 미주는 진심도 전하지 못하는 자신이 한심해서 이불을 뒤집어쓰고 눈을 감았다. 다음엔 꼭 미안하고 고맙다고 전하겠다 다짐하면서.

*

주경은 채 닫지 않은 문틈으로 미주를 지켜봤다. 뒤척이던 아이는 이내 고른 숨을 내쉬며 잠이 들었다. 그 모습을 확인한 뒤 방문을 마저 닫았다. 안방으로 온 주경은 미주 방에서 들고 온 핸드폰을 꺼냈다. 화면을 켜자 배경 화면으로 미주와 네 명의 친구들이 함께 찍은 사진이 보였다. 뚱한 딸의 표정에 주경은 피식 웃음이 났다.

'엄마는 여기가 사이비종교라서 도망친 거야?'

미주의 질문이 목구멍에 박힌 생선 가시처럼 계속

맴돌았다. 주경은 문득 이곳을 도망쳤던 열일곱 살의 어린 자신을 떠올렸다. 가지 말라며 울던 정아에게 자리 잡히면 연락하겠다는 약속을 하고 돌아선 기억도 났다. 눈물을 닦아내며 주경의 등을 떠밀던 정아.

열일곱이 되기 전까지 정아와 함께 친하게 지냈던 혜진이라는 친구가 있었다. 어느 날 어떤 기별도 없이 혜진은 사라졌다. 혜진의 부모님은 혜진이 아는 지인의 소개로 급히 서울로 돈을 벌러 갔다고 했다. 연락이야 자리 잡히면 나중에 올 거라는 말과 함께. 평소 혜진은 동생들 생각에 대학을 진학하지 않고 취직하겠다고 했으니 주경도 그러려니 했다.

그 후 주경은 우연히 요양병원에 봉사하러 갔다가 가방을 두고 오는 바람에 늦은 밤 홀로 다시 병원으로 향했다. 밤늦게 온 걸 들키면 혼날 게 뻔해서 숨어들다시피 들어가 가방을 가지고 나오는데, 이장이 별관에서 나오는 걸 보았다. 그 밤에 말이다.

호기심이란 대체 무얼까. 그러면 안 되는 걸 알면서도, 그동안 규율을 심하게 어기는 짓을 한 번도 한 적이 없었는데도 그 별관에 무엇이 있을지 너무도 궁금했다.

유혹을 견디지 못하고 들어간 별관 지하에는 서울로 취업하러 갔다던 혜진이 있었다.

그 순간 뭔가 잘못되었다고 생각했다. 그대로 집으로 달려가 오빠를 붙잡고 자신이 본 게 무엇인지 물었다. 착하고 순진한 주경의 오빠는 동생의 질문에 모든 걸 말해줬다.

우리가 무엇을 믿고 있는 건지에 대해서.

오빠는 혼란스러워하면서 이곳을 나가고 싶어 하는 동생을 위해 방편을 마련해줬다. 주경을 무작정 서울로 보낸 것이다.

그로부터 이십 년의 세월이 지나는 동안 주경은 남편을 잃었고, 소중한 딸 미주를 얻었다. 그런 금쪽같은 미주에게 특별한 능력이 있고 그 때문에 이곳저곳을 쫓겨 다니며 살아도 좋았다. 아이만 옆에 있다면. 그러나 하늘은 자신에게 미주마저도 데려가려고 했다. 빌어먹을 귀신 때문에.

막막함에 오빠에게 하소연하자 오빠는 청호리로 돌아오라고 했다.

"주경아, 선녀님이 기도를 들어주실 거야. 너도 잘 알잖아."

그렇게 주경은 미주를 지키기 위해 다시 청호리로 돌아왔다. 미주마저 죽는다면 더는 살아갈 이유가 없으니까.

코를 훌쩍이며 주경은 다시 미주의 핸드폰을 켰다. 그리고 연희와의 대화창을 켰다. 깜빡이는 커서를 잠시 바라보았다.

몇 주 전 성인 기도 시간에 곧 동제가 이뤄질 거라는 사실이 공유되었다. 연수를 대신할 다음 제물로 연희가 거론되었다. 당연했다.

주경은 매 순간 기도했다. 이곳에선 미주를 괴롭히는 귀신을 더는 보지 않게 해주옵시고, 그 어떤 위험에도 강인하게 살아남게 해주소서.

다만 연희에게서 혜진이 겹쳐 보였다. 주경은 혜진을 다시금 지옥 불에 제 손으로 밀어 넣는 것 같아서 주저했다. 그런 주경에게 정아가 속삭였다.

"남들 눈에는 이 모든 게 우리의 욕망으로 보일지도 몰라. 하지만 우리는 살기 위해 믿음을 가졌고, 이젠 내 아이들이 좀 더 편안하게 살기를 바라지, 안 그래? 우리 아이들을 위해 연희는 고결한 희생을 하는 순교자가 되는 거야. 그리고 네가 할 일은 연희에게서 미주를 떼어놓는 거고. 주경아, 미주를 생각해야지."

정아 말이 맞았다. 미주를 생각하면 못 할 것도 없다. 언젠가 때가 되면 아이들을 밀어 넣었던 그 지옥 불로 스스로 들어갈지라도.

그렇게 마음을 다잡고 주경은 미주의 핸드폰을 켜 미주인 척 메시지를 보냈다.

　　연희야. 감기 기운이 있어서 아침에 엄마랑 병원에 들렀다 학교에 갈 테니 먼저 학교에 가.

*

　　연희는 아침상에 소고기 미역국과 각종 전이며 나물이 올라온 걸 보고 입을 다물지 못했다. 연희의 작은 엄마는 간호사로 인호와 함께 병원에서 일했기에 아침은 항상 간단하게 빵과 달걀, 베이컨과 우유였다. 그래서 연희는 보통 아침밥을 미주네서 먹었는데, 오늘은 미주가 아파서 집에서 먹게 되었다. 차려진 잔칫상에 눈치만 보자 인호가 먼저 숟가락을 들었다.

　　"먹자. 왜 그러고 있니?"

　　"오늘 누구 생일인가 해서요."

　　"갑자기 실력 발휘를 해보고 싶지 뭐야. 진용이는 좀 더 재워야겠어요. 컨디션이 안 좋아 보여서. 자, 어서 먹어."

　　연희의 맞은편에 앉은 작은엄마가 갈비찜을 쌀밥

위에 얹어줬다.

"잘 먹겠습니다."

연희는 갈비찜을 먹었다. 윤기가 흐르는 쌀밥을 입에 넣자 이번에는 작은엄마가 잡채를 얹어줬다. 연희는 잠시 멈칫거렸지만, 언제 그랬냐는 듯 맛있게 먹었다.

매일 일에 치이고 아픈 진용과 연희까지 돌보느라 작은엄마는 언제나 지쳐 있었다. 연희도 그런 작은엄마를 도와 집안일을 했고 될 수 있으면 신경 쓸 일은 만들지 않도록 노력했다.

뼈가 발라진 조기 살을 먹던 연희는 코를 훌쩍이는 작은엄마를 놀란 눈으로 쳐다봤다. 인호가 혀를 찼다. 작은엄마는 황급히 눈물을 닦아내고 미소를 지었다.

"아이고, 요즘 작은엄마가 감정 기복이 좀 심해."

"아프신 건 아니죠?"

"그럼. 너한테 고맙고 미안해서."

연희는 어디선가 이와 비슷한 말을 들은 것 같은 이상한 기시감을 느꼈다. 얼마 전에 황보성도 울면서 연희에게 미안하다고 말했다. 과거에는 아랫집 최씨 할아버지가 집으로 찾아와 연희의 언니 연수에게 대뜸 고맙다고 했다. 그때 연수의 표정도 지금 연희처럼 어안이 벙벙한 표정이었다.

"나도 모르는 사이 착한 일을 했나? 요즘 마을 어르신들이 나만 보면 뭐 하나씩 주시면서 고맙다고 하더라. 가끔 날 향해 기도도 하는 것 같고."

"그냥 기분 탓이겠지. 왜 언니를 보고 기도해?"

"예쁘니까 기운 받으려고?"

"아빠, 언니가 이상한 소리 해."

그렇게 말하며 아빠에게 달려가 허리춤에 매달렸을 때 아빠의 표정이 어땠더라, 하고 생각하는 그때 인호가 들고 있던 젓가락을 내려놨다.

"연희야, 학교 갈 준비 해야지."

인호의 말에 연희는 고개를 끄덕였다. 밥을 다 먹지 않았지만, 괜히 불편해져 자리에서 일어났다.

"잘 먹었습니다."

그래. 작은엄마는 다시 눈물을 닦다가 연희가 화장실에 가자 이내 두 손에 얼굴을 묻었다.

연희는 가방끈을 꼭 쥐고 발을 끌며 걸었다. 평소 미주와 가던 길이 무척 낯설었다. 아침 먹은 게 소화가 안 되는 느낌이었다. 집에 무슨 일이 생겨서 작은엄마가 힘든 걸까. 인호 삼촌의 행동도 평소보다 딱딱하게 느껴졌다. 혹시 두 분이 싸운 걸까.

이런저런 고민에 한숨만 푹푹 내쉬는데 경비 초소에서 철식이 나와 손을 흔들었다.

"안녕하세요."

"어, 연희 학교 가니?"

철식은 오늘따라 기분이 좋아 보였다. 평소보다 더 생글생글 웃고 목소리 톤도 올라가 있었다. 철식이 연희의 안색을 살피고는 혀를 찼다.

"허 참, 아침부터 걱정이 많아 보이는구나. 밥은 먹었니? 걸음에 힘이 없어."

"밥은 먹었어요."

"그럼 디저트를 먹어야지. 잠시만."

철식은 경비 초소로 들어갔다. 연희가 만류하려고 했지만, 막무가내여서 할 수 없이 그 자리에서 기다렸다. 연희는 다시 한숨을 푹 쉬며 운동화로 발밑에 있는 돌멩이를 찼다. 데구루루 굴러간 돌이 차도에 떨어졌다.

"자, 여기."

철식이 연희에게 초코파이를 건넸다. 연희가 웃음을 터뜨렸다.

"저한테 매번 주시면 아저씨는 뭘 드세요."

볼 때마다 철식은 연희에게 초코파이를 줬다. 철식이 멋쩍게 웃으며 뒤통수를 긁었다.

"나는 줄 게 이것밖에 없으니까."

"매번 감사합니다. 그럼 다녀오겠습니다."

그 진심을 알기에 연희는 초코파이를 받아 들고 인사했다. 철식이 잘 가라며 손을 흔들었다. 기운 내라고 주신 거니 힘내기로 했다. 자꾸 신경 써봐야 도움이 안 되니 오늘은 일찍 집에 가서 작은엄마를 도와드리기로 마음먹었다. 초코파이 포장지를 만지작거리던 연희는 이내 고개를 끄떡거리고는 교복 주머니에 넣었다.

내딛는 걸음에 힘이 실릴 때 옆에 승합차가 섰다. 고개를 돌리자 옆문이 열리고 동산이 내렸다. 표정 없는 얼굴을 보며 무슨 일이냐고 묻기도 전에 동산은 연희의 팔을 붙들었다.

"왜, 왜 이러세요?"

대답은 없었다. 끌어당기는 힘에 연희는 속절없이 끌려갔다. 덜컥 겁이 나 소리를 질렀다.

"시, 싫어요. 철식 아저씨! 도와……."

연희는 도움을 요청하려 경비 초소를 쳐다봤다. 그 앞에서 철식이 서서 손을 흔들었다. 눈앞에서 연희가 끌려가는데도 평소처럼 웃고 있었다.

*

집 안은 고요했다. 미주는 멍하니 침대에 앉아 있다 왼손을 뻗어 베개 밑과 그 주변을 더듬었다. 핸드폰이 만져지지 않았다. 반쯤 감았던 눈으로 창문을 보는데 평소에는 치지도 않는 커튼이 꼼꼼하게 창을 가리고 있었다. 그 밑 틈으로 눈 부신 빛이……

"엄마!"

방문을 열고 뛰어나온 미주는 거실의 통창을 바라봤다. 사위가 밝아 누가 봐도 등교할 시간은 지나 있었다. 주경이 안방에서 나왔다. 놀란 얼굴로 보아 주경도 늦잠을 잔 모양이었다.

"핸드폰이 없어졌어. 몇 시야?"

앓는 소리를 내며 미주는 화장실로 들어갔다.

"핸드폰 거실 소파에 있더라. 배터리 다해서 꺼진 것 같아. 아홉시가 넘었는데 수업 이미 시작할 시간 아니니? 어떡해, 엄마가 데려다주고 싶은데 동제 때문에 마을 회의에 가야 해서."

엄마가 와서 양치질하는 미주의 머리를 빗겨줬다.

"됐어. 어차피 늦었는데, 뭐."

"가서 엄마 팔아. 갑자기 엄마가 아팠다고 해. 아니

면 오늘 그냥 쉴래?"

대충 세수를 한 미주는 거울 속 주경을 쳐다봤다.

"무슨 일이 있더라도 학교는 가야 한다던 신주경 씨 어디 갔어?"

"얘는, 내가 언제……. 그럼 엄마가 선생님한테 전화해서 잘 설명할게. 계단에서 넘어졌다 하지, 뭐."

"거짓말이 술술 나오네."

"어서 옷 갈아입고 내려와."

"오늘 연희도 늦잠 잤나? 그래도 와서 확인이라도 하지."

미주는 입술을 삐죽이며 다시금 거울 속 주경을 봤다. 주경은 말을 얼버무리며 시선을 피했다.

미주는 허둥지둥 교복으로 갈아입고 양말을 신으며 가방을 챙겼다. 거울을 슬쩍 보자 뻗친 옆 머리카락이 신경 쓰였지만 어쩔 수 없었다. 끙 소리를 내며 미주는 집을 나섰다. 이미 늦은 거 밥 먹고 가라는 주경에게 눈을 흘겼다.

미주는 가방에서 보조배터리를 꺼내 핸드폰에 연결했다. 걷는 데 집중하다가 몇 분 지나 전원을 켰다. 거실 벽시계로 미리 버스 시간을 확인하기를 잘했다고 생각했다.

'그나저나 엄마가 늦잠이라니 무슨 일이지?'

청호리에 온 이후로 새벽 기도를 빼먹지 않은 주경이었다. 미주는 문득 빨리 옮기던 걸음을 멈췄다. 아직도 코끝에 향냄새가 맴돌았다. 급히 나오느라 몰랐지만 곰곰이 생각해보니 평소처럼 짙은 냄새였다. 새벽 기도까지 했으면서 왜? 다시 졸았나?

그러다 미주는 고개를 끄덕이고 다시 걸음을 옮겼다. 주경이라면 충분히 그럴 수 있었다. 이곳에 오기 전엔 미주보다 더 일어나기 힘들어했으니.

슬슬 버스가 올 시간이 촉박했다. 미주는 핸드폰을 가방에 넣고 달리기 시작했다. 경비 초소에서 철식이 달려오는 미주를 보며 활짝 웃었다.

"아이고, 지각이냐?"

미주가 지각해서 즐거워 보이는 눈치였다. 재수 없게 웃고 있어서 미주는 그를 쏘아봤다.

"조심히 뛰어. 넘어지겠다."

그래도 상관없다는 듯 철식은 껄껄 웃었다. 미쳤나봐. 미주는 더욱 빨리 뛰었다. 등 뒤로 여전히 웃음소리가 따라왔다.

버스 정류장에 서서 미주는 숨을 몰아쉬었다. 옆구리가 쑤셨다. 흐트러진 머리카락을 쓸어 올리고 가방에서 핸드폰을 꺼내 시간을 확인했다. 철식 때문에 속도를 올렸더니 생각보다 빨리 도착했다. 핸드폰을 주머니에 넣고 버스가 올 방향을 바라봤다.

커브를 돌아 올라오는 순찰차와 승합차가 연달아 미주 앞을 지나갔다. 미주의 시선이 문득 도로 건너편 나무 사이에 멈췄다. 저 멀리로 기영봉이 보였다. 그리고 익숙한 장소에, 길 건너 가드레일 앞에 시선이 멎었다. 눈을 가느스름하게 떠 여우 바위에서 오가는 사람들을 보았다. 흐릿하게 보이긴 해도 그들의 옷차림이 등산복은 아님을 알 수 있었다. 그들은 절벽 소나무와 반대편 나무에 노란 테이프를 감았다.

"안녕?"

그때 바로 옆에서 여자의 목소리가 들렸다. 시선을 돌려 옆을 보자 마을 입구와 폐병원에 있던 여자 귀신이 자신을 보며 웃고 있었다. 미주는 놀라 주먹을 쥐었다. 이때까지 관망하던 여자가 말을 걸다니. 하얀 한복 치맛자락이 바람에 흔들렸다. 귀신과 말해서는 안 된다. 원래라면 보이는 척도 하면 안 되는데.

"아, 나하고 말하시지 않을 생각이구나."

여자는 알겠다며 고개를 끄덕였다.

"그래도 나는 너한테 고마워. 덕분에 목소리도 얻

고, 들어갈 길도 열렸거든."

여자는 키득 웃으며 가드레일 위에 앉았다. 하얀 고무신을 신은 발이 까딱거렸다. 여자의 말에 혹하는 대신 미주는 지금 자신이 이 귀신에게 홀린 것인지 가늠했다. 손을 움직여보고 고개를 돌려 다시 여우 바위에 오가는 사람들을 쳐다봤다.

"그렇게 걱정할 거 없어. 내 목표는 네가 아니니."

여자의 시선이 청호리로 향했다. 마치 그 목표가 거기에 있다는 듯이. 자신이 목표가 아니라면 다행이다 싶어 돌아서려던 미주는 그대로 멈췄다. 저곳엔 엄마와 연희가 있었다.

"목표가 누군데요?"

"나랑 말하기로 한 거야?"

미주는 어쩌면 이 여자의 간사한 혀에 놀아나는 걸지도 모른다고 생각했다.

"이장 그리고 소녀들."

"소녀들이요? 그게 무슨 말……."

갑자기 여자가 손가락으로 뒤쪽을 가리켰다. 뒤를 돌아보자 버스가 오고 있었다. 여자에게 농락당한 것 같아서 제대로 말하라고 다그치려 했지만, 여자는 벌써 사라진 뒤였다.

주경이 미주의 담임 선생님한테 미리 언질을 준 덕분에, 다행히 미주는 선생님께 크게 혼나지 않았다. 다만 양심에 찔려 미주는 선생님 눈을 쳐다볼 수 없었다.

문득 미주는 머리를 빗겨주던 주경이 자신의 눈길을 피하던 게 떠올랐다. 뭘 얘기할 때였더라?

"안 그래도 오늘부터 연희가 못 나온다는 연락을 받았거든. 어젯밤에 급히 부모님이 계시는 곳에 간다고 작은아버지에게 연락이 왔어. 어머님이 위독하시다더구나. 너는 옆집에 산다고 했으니 이미 알고 있지?"

미주는 처음 듣는 소리에 눈을 동그랗게 떴다. 선생님이 안타까운 목소리로 말했다.

"어머, 미주 너는 몰랐구나."

미주는 황급히 핸드폰을 확인했다. 핸드폰이 꺼져서 연희의 연락을 못 받았을지도 몰랐다.

2교시가 끝나고 쉬는 시간에 맞춰 교실로 가면서 미주는 뒤늦게 핸드폰을 살폈다. 부재중 전화는 하나와 빛나에게 와 있었고 연희에게선 없었다. 황급히 연희에게 전화했다.

"고객님의 전화기가 꺼져 있어……."

미주는 메시지 창을 켰다. 그동안 연희와 대화를 나누던 창이 없어졌다. 튕긴 걸까? 그믐 단톡방을 보니 안 읽은 메시지가 서른 개가 넘었다. 연희가 이곳에 소식을 남겼을지도 모른다는 생각에 단톡방에 들어갔다.

오늘 자 대화에서 연희는 아무 말도 없었다. 대화를 확인하지 않은 숫자 1 표시가 연희인 것 같았다. 거슬러 올라가니 연희는 어제 오후까지 나누던 대화에는 참여했었다. 마지막으로 채팅을 남긴 시간이 밤 아홉시 십분이었다. 그렇다면 이 이후에 청호리에서 떠났다는 말인데. 정확한 시간이야 나중에 그 집에 물어보면 되고. 그런데 메시지 하나 없이 간다고? 엄마도 모르던 눈치였고……. 잠깐, 그러고 보니 엄마가 눈길을 피하던 때가 미주가 연희를 말할 때였다.

"미주! 왜 이렇게 늦게 와? 너도 안 오는 줄."

하나의 말에 미주는 연희의 빈자리를 돌아봤다.

"너희 연희한테 무슨 연락 못 받았어?"

"올해 1학기 마치고 간다는 말만 들었지. 이렇게 갑자기 갈 줄은 몰랐어. 걔도 정신없었을 테니 연락도 못 했을 테고."

하나의 간단명료한 말에 혼란스럽던 미주의 머릿속이 조용해졌다. 그럴 수도 있겠구나. 정작 혼란스러운 건 연희일 텐데.

"너 메시지 봤지?"

"응?"

"안 봤네. 오늘 아침부터 난리 났어. 새벽에 여우 바위에서 등산객이 떨어졌대. 울아버지한테 연락이 와서 지원 갔거든. 자의든 실수든 그 바위에서 사람이 떨어진 게 좀 찜찜하지 않아?"

부르르 떠는 하나를 보다가 미주는 여우 바위에 오가는 사람들이 경찰이구나 싶었다.

"뭐, 우리가 다녀온 곳에서 그런 일이 일어났으니 좀······."

"내 말은 그동안 일어나지 않던 사건이 우리가 갔다 와서 다시 시작된 것 같단 말이야."

"그게 무슨······."

이번엔 빛나가 말했다.

"준영이가 소나무 뒤에서 꺼내려다 떨어뜨린 뭔가가 어쩌면 주술의 일부라고 생각했어."

손바닥만 한 붉은 칠이 벗겨진 돌멩이. 한자가 새겨졌다던.

"주술의 일부?"

추측이 너무 그럴듯해서 멍청하게 되물으면서도 문

득 여자 귀신의 말이 생각났다.

'그래도 나는 너한테 고마워. 덕분에 목소리도 얻고, 들어갈 길도 열렸거든.'

"확실한 건 몰라. 과거 무당이 여우 바위에서 굿을 했을 때 봉인한 걸 우리가 건드린 걸지도."

그 여자 귀신은 자살 바위에 봉인되었던 귀신일까? 그렇다기엔 그 전부터 그 모습을 봤으니……. 주술의 일부가 소실되었기에 힘을 얻었다는 데서는 봉인 해제가 그럴듯했지만, 이어진 뒷말이 걸렸다.

'들어갈 길도 열렸다.'

원래는 들어갈 수 없었다, 하지만 주술의 일부가 소실되었기에 들어갈 수 있게 됐다……. 혹시 그건 결계를 말하는 걸까?

"무슨 생각 해?"

"아니, 그냥. 버스 탈 때 여우 바위에 있는 사람들을 봤거든."

생각하던 걸 입밖으로 꺼내기엔 자신에 대해 아이들이 모르는 게 많았다. 귀신을 본다는 말은 차마 할 수 없어서 미주는 대충 둘러댔다.

하나는 한숨을 쉬었다.

"아직 청수호에 빠진 시신을 찾지 못했대. 아버지가

곧 잠수부를 투입할 거라고 했어. 어쩌지? 준영이 지금 충격받아서 자책하던데.”

“준영이가?”

자꾸 되묻는 미주를 하나가 흘겨봤다.

“메시지 확인 안 할 거야?”

“미안, 늦는 바람에. 근데 준영이가 왜 그런지는 알겠다.”

그 금기를 건드린 게 준영이었으니까. 지금 준영이는 자신이 경솔하게 행동해서 사람이 죽었다고 생각하고 있을 터였다.

“내가 괜히 가자고 해서…….”

하나마저 자괴감에 빠지고 있었다.

“우리끼리 이러지 말고, 내가 아는 분한테 물어볼 테니까 먼저 지레짐작하지 말자.”

미주는 키득거리던 여자 귀신을 떠올렸다. 그 귀신에게 묻고 싶은 것이 아주 많았다.

*

사위는 어둑해진 지 오래고 아침에 떠났던 청호리 청소년들도 일찍이 돌아왔다. 철식은 경비 초소에 앉아 라디오를 들으며 차기 이장이 될 인호의 처가 싸 온 저녁 도시락을 먹고 있었다. 맨날 김치에 맨밥만 먹던 철식은 차게 식긴 했지만 소갈비에 잡채, 조기구이를 아주 맛있게 먹었다.

라디오에 해외에서 유학 중인 청취자가 한국에 있는 부모님에게 미안함과 고마움을 전하는 사연이 나왔다. 그 사연에 철식은 잠시 미국에 있을 처와 딸을 떠올렸다. 공부 머리가 없던 철식을 닮지 않은 딸은 배움에 대한 욕심이 많았다. 그렇다면 모든 재산을 털어서라도 지원해줘야지. 얼마나 기특한가? 이제 얼마 남지 않았다. 가난한 농부 최씨 집안에 세계 최고의 공학박사가 곧 나올 터였다.

원광시의 가난한 집안에서 태어나 국민학교도 겨우 나온 철식은 열네 살부터 중국집 배달 일을 했다. 그러다 어느 눈 내리는 밤, 배달을 마치고 돌아오는 길에 쓰러진 이장을 발견했다. 심장마비였다는데 그때 철식이 그곳을 지나가지 않았다면 객사했을지도 몰랐다. 이에 이장은 자신의 생명을 구해준 은혜를 갚겠다며 철식을 청호리로 데려왔다.

처음엔 중국집 배달보다 더 좋은 일을 할 수 있도록 도와주겠다고 해서 나섰으나 이상한 신을 믿는 집단임을 알고는 속았다고 생각했다. 상황을 봐서 도망치겠다고 했으나 과거 원광시에 있는 것보다 먹는 것에서부터 입는 것, 힘든 일을 하지 않아도 매달 이장이 챙겨주는 돈까지 대우가 너무 좋았다.

시키는 일이라고 해봤자 어르신들이 사는 집을 들여다보거나 잔 고장이나 부서진 물건 고치고, 마을 농사일을 거들고, 잔치나 제사 일을 돕고. 그렇게 일 년이 지나고 이 년이 지났다. 마을 사람들은 자신을 가족보다 더 가족처럼 챙겨줬으며 그게 당연하다고 여길 때쯤 동제가 돌아왔다.

삼 년마다 크게 지낸다는 제사는 철식에게 처음이었다. 그건 준비부터 달랐다. 돼지 대신 소를 잡았고, 제물인 소녀가 있었다.

I Have a Dream, a song to sing.

To help me cope, with anything.

If you see the wonder, of a fairy tale.

You can take the future, even if you fail.

I believe in angels.

라디오에서 아바의 노래가 흘러나왔다. 철식은 콧

노래를 흥얼거리며 전기 포트에 생수를 따랐다. 물이 끓는 동안 책상 위에서 손전등을 찾아 들었다. 경비 초소 문을 열자 요란한 개구리 울음이 들렸다. 지척에 밝은 가로등 불빛 밑에서 철식은 주위를 둘러봤다. 천천히 마을 밖으로 걸었다. 이럴 때일수록 경계를 강화해야 했다. 또 다른 기적을 경험한다는 것은 축복이었다.

첫 삼 년 동재 때 본 기적은 매 순간 경외감을 가질 만큼 강렬했다. 그건 아무나 볼 수 있는 게 아니었다. 마을 사람들은 광장에서 기도했지만, 회관 지하에서 철식은 혹시 모를 침입자에 대비한 문지기로 그 자리에 있었다. 간혹 관련 가족이 난입한다는 이유에서였다. 물론 부적이 붙은 단단한 철문 밖에서 지키고 서 있어야 했지만, 호기심을 참지 못하고 그 안을 들여다봤다.

열반에 이르는 소녀의 마지막 날숨에 그 안에 잠들어 있던 선녀님이 깨어나 노래를 불렀다. 그리고 의식의 절정에서 잠들어 있는 소녀의 몸에 선녀님이 강림하는 모습은 절로 그 앞에 고개가 조아려질 만큼 성스러웠다.

청수호가 보이는 도로까지 나간 철식은 저 멀리 호수 기슭에서 반짝이는 경광등과 주위를 밝히는 조명 그리고 그 옆에 모인 사람들을 불안한 눈빛으로 쳐다봤다. 그들은 청수호에서 뭔가를 꺼내고 있었다. 이를 알리기 위해 인호나 동산에게 전화하려고 점퍼 주머니를 뒤졌지만, 그제야 핸드폰을 챙기지 않았다는 걸 깨달았다.

"에이 씨."

그는 마을 입구 쪽을 봤다. 어둠에 잠긴 나무 사이로 경비 초소의 푸르스름한 불빛이 보였다. 오르막길을 최대한 빨리 올라갔다. 손에 들고 있는 손전등이 움직이는 대로 여기저기 비췄다. 아스팔트, 우거진 수풀, 갑작스러운 불빛에 뛰어오르는 개구리, 창백한 나무와 그 옆에 선 여자.

철식은 그 자리에 멈췄다. 지나치듯 보긴 했지만, 여자는 하얀 한복을 입고 있었다. 가쁜 숨을 내쉬며 철식은 다시 그쪽에 불빛을 비췄다.

"대모님이십니까?"

마을에서 그 차림을 하는 이는 정아뿐이었다. 이 밤에 어딜 가려고 혼자 길을 나섰나? 그러나 불빛에 비친 여자는 정아가 아니었다. 하지만 아주 관련이 없지 않은 것 같았다. 그 차림은 선녀님의 옷차림이 아니던가?

"누, 누구십니까?"

철식의 물음에 여자가 웃었다. 그녀는 걸음을 옮겼다. 짚고 있던 나무 뒤로 걸어간 여자가 순식간에 사라졌다. 너무 놀라 손전등으로 이곳저곳을 비추었다.

125

"근데 너는 나를 보네?"

언제 왔는지 철식의 옆에서 여자가 물었다.

"누, 누구……."

"알 필요 없어. 어차피 죽을 거니까."

여자가 손을 뻗어 철식의 목을 움켜쥐었다. 작은 손아귀에 엄청난 힘이 실렸다. 숨을 쉴 수가 없었다. 철식은 손을 허우적거리며 발버둥을 쳤다. 그러나 여자는 미동도 없이 은은한 미소를 지었다. 마치 선녀님처럼.

*

주경은 저녁이 되어서야 집에 돌아왔다. 급히 저녁밥을 차리는 주경을 도와 미주는 식탁에 수저와 물과 컵을 꺼내놨다.

"엄마, 오늘 연희 소식 못 들었어?"

"못 들었는데."

"밥은 내가 해놨어. 그나저나 연희네 작은엄마가 뭐라고 안 했다고? 지금까지 같이 있었으면 그런 얘기 할 법한데."

"무슨 일 있대?"

"혹시 인호 삼촌도 오늘 같이 있었어?"

"응, 있었지. 차기 이장이니까 당연히……. 왜?"

냉장고에서 반찬을 꺼내던 미주가 주경을 빤히 쳐다봤다.

"그럼 연희 혼자서 어떻게 공항까지 갔대? 걔, 어머니 위독하시다는 연락 받고 급히 공항 갔대. 그래서 오늘 학교도 못 왔고. 연락도 안 돼."

주경은 돌아서서 끓고 있는 된장찌개를 확인하고 인덕션 전원 버튼을 껐다. 그리고 냄비째로 식탁에 가져왔다.

"인호 씨가 새벽에 연희 데려다주고 왔겠지."

식탁 앞에 앉는 미주가 여상히 대답하는 주경을 보며 눈살을 찌푸렸다.

"엄마는 연희가 걱정도 안 돼?"

대화하는 내내 주경은 남 얘기하듯 무신경하게 굴었다. 물론 객관적으로 연희는 남이었지만 근 두 달 동안 연희가 이 집에 자주 드나들고 꽤 살갑게 굴어 주경과도 관계가 좋았다는 걸 생각하면, 적어도 이런 일에 먼저 연희가 괜찮은지를 물어야 했다.

"연희는 괜찮을 거야."

밥그릇에 밥을 담으며 주경은 이어 말했다.

"걔 소원이 뭔지 너도 알잖아. 가족이 함께 모이는

거야. 물론 엄마가 위독하다지만, 오랜만에 가족이 한자리에 모이는 건데 나쁠 리가 있겠니?"

미주는 주경의 말을 듣고 씁쓸했다. 주경의 말은 여전히 무신경하게 느껴졌다. 게다가 연희의 소원은 친구가 생기는 거지 가족과 빨리 만나는 게 아니었다.

그리고 만약 자신이 연희라면 반가움도 잠시, 엄마가 아파서 속상하고 그동안 자신만 두고 간 가족이 미울 테고 그곳에서도 외로울 것이다. 낯선 장소에서, 많은 감정의 소용돌이에서 그 아이는 덤으로 이뤄진 기도에 마냥 기뻐할까.

그날 밤 미주는 또 꿈을 꿨다.

하얀 한복을 입은 여자가 크게 한 발을 뻗어 땅을 디디고 다른 발도 그만큼 뻗어 걸음을 옮겼다. 균형이 흐트러져 몸이 휘청거리자 여자는 웃음을 터뜨렸다.

발밑으로 손전등이 데구루루 굴렀고 불빛에 바닥에 쓰러진 철식의 모습이 드러났다. 그는 미동조차 없었다. 부릅뜬 두 눈이 여자의 뒷모습을 담았다. 여자가 멈춰 서더니 뒤돌아봤다. 미주와 눈이 마주쳤다. 꿈속이라 그 시선이 철식의 부릅뜬 눈과 마주친 건지, 자신과 마주친 건지 분간이 되지 않았다. 가만, 꿈? 자신이 꿈을 꾸고 있나?

"왔니? 너 참 예민하구나. 그때도 내 기억을 읽었지. 발밑 조심해. 그 사람, 내가 죽였어."

미주는 여자가 자신한테 말하고 있다고 느꼈다. 그곳엔 자신의 실체가 아닌 꿈을 꾸는 의식만 남아 있을 뿐이었다. 그렇다면 우리는 무의식이 만들어낸 공간 속에서 함께 존재하는 건가? 그렇다면 이 모든 상황은, 철식의 시체는 허구일까? 잠깐, 꿈에서 이장이 그녀를 낭지라고 불렀다. 그러자 여자는 미주의 마음을 읽은 듯 대답했다.

"그래, 내가 그 낭지야. 이장은 나를 찾아가라는 계시를 받았고, 나도 그가 나를 찾아올 걸 알았지. 그날은 무척 만나기 싫었어. 예감했던 것 같아, 언제고 그 손에 죽을지도 모른다는 걸. 선녀님은 이장에게 깨달음과 기회를 주고 싶어 하셨어. 널리 인간을 이롭게 하는 성인이 되길 바라셨지."

여자는 또다시 보폭을 크게 하며 걷기 시작했다. 웅웅거리는 라디오 소리가 가까워졌다. 여자가 고개를 들자 희붐한 가로등 불빛을 등진 텅 빈 경비 초소가 보였다. 여자를 막을 이는 바닥에 쓰러져 있었다.

"그거 알아? 원래 보현나무는 이 자리에 있었어. 성

인 네 명이 양팔을 뻗으면 겨우 닿을 둘레와 하늘을 다 가릴 만큼 우거진 나뭇잎들. 그러나 선녀님이 떠나가고 곧 말라 죽었지. 이 앞에서 기도하던 내 지난날이 이렇게 볼품없는 경비 초소로 남았네.”

그곳을 장난스럽게 지나친 낭지가 우뚝 멈췄다.

“이장은 내가 아는 모든 것을 모조리 습득했다지만, 그래봤자 선녀님을 제 몸에 모시지 못하니 반쪽일 뿐이야. 본인도 아주 잘 알았지. 그래서 이장은 세상을 좁게 보기로 했어. 더 확실하게, 더 빠르게, 더 오래 선녀님의 권능을 독차지할 수 있도록. 그가 꿈꾸던 세상이자 그의 왕국이 이곳 청호리야.”

그 순간 여자의 천진난만하던 웃음은 사라지고 불길하고도 섬뜩한 미소가 보였다.

“나는 그의 세상을 파멸할 거야.”

＊

이장은 철식의 시체를 말없이 바라보았다. 시신은 제 목을 조른 채로 발견됐다. 이를 살핀 인호도 타살 같지는 않다고 말하면서도 기이한 죽음에 꽤 당황한 눈치였다. 평소 철식이 삼 년 동제를 손꼽아 기다리던 걸 생각하면 자살이라는 걸 믿기 어려웠다. 하필이면 동제가 얼마 남지 않은 시점에 이런 부정 탈 일이 생기다니.

인호가 물었다.

"어떻게 할까요?"

"이 마을을 좋아했으니 뒷산 양지바른 곳에다 묻어 주시게. 서로 시체를 만졌으니 동제가 있기까지 선녀님께 쉼 없이 기도하며 심신을 깨끗이 하시고."

그 말에 동산이 청년 몇 명과 함께 철식의 시체를 수습했다. 돌아서던 이장이 다시 인호를 봤다.

"이정호의 차가 청수호에서 나왔다고?"

"네, 기영봉 여우 바위에서 사람이 떨어지는 바람에 그 시신을 찾겠다고 경찰에서 잠수부를 동원했다고 합니다. 그때……."

여우 바위. 아주 오래전 선녀님을 몸에 실은 낭지라는 무당이 사람을 홀려 자살을 유도하는 원귀를 퇴치한 곳이었다. 한동안 피해자가 나온 적이 없었는데 하필 지금이라니.

"늘 그랬듯 사고로 마무리하고. 괜히 꼬리 안 밟히게 무슨 일이든 신중해야 할 거야. 그리고 마을 사람들을 소집하게. 철식에 대한 입단속과 짧은 추도를 해야지."

마을은 폐쇄적이었으나 거천시를 위한 각계각층의 후원과 기부는 넘치도록 받았다. 마을에서 배출한 인재들도 적재적소에 들어가 마을을 위한 일도 마다하지 않을 것이다. 그들의 욕망을 위해서라면.

이장은 노쇠한 몸을 이끌고 마을로 향했다. 발길이 닿는 모두가, 바람이 머물다가는 산자락이, 그 사이로 빛나는 마을의 불빛과 이 풍요로움이 모든 것을 바쳐 자신이 일군 왕국이었다. 빈곤하고 비루했던 젊은 시절 온갖 핍박과 믿음만으로는 부족하다고 느끼던 때, 하늘이 내려주신 권능으로 지어낸 유토피아!

비록 이룩해낸 그 과정이 거룩하기만 한 건 아닐지라도, 그는 대를 위한 소의 희생은 불가피하다고 생각했다. 이장은 어린 시절 철식의 얼굴을 생각했다. 마을을 위해 발 벗고 나서던 철식의 흔적이 마을 곳곳에 묻어났다. 그런 그의 시체를 본 순간, 이장은 낭지를 떠올렸다. 혹시 그 여자가 원혼이 되어 돌아왔을까.

이장보다 배나 어리던 낭지는 자신보다 수십 배나 현명하고 강했다. 그리고 변재선녀님을 보고 느낄 수 있었으며 대화까지 나누었다. 오롯이 선녀님이 내준 힘으로 중생들을 구했다. 그러니까 자신 같은 사람을.

낭지는 이장을 껄끄러워했으나 선녀님의 뜻을 이장

에게 전해주기는 했다. 낭지는 아름답고 고귀했다. 눈의 깜빡임, 전하는 목소리, 뻗는 손짓, 내딛는 발걸음. 그러기에 이장은 낭지를 사랑했고 또 증오했다.

아무리 배우고 되묻고 또 되물어 답을 얻어도 선녀님을 담지 못하는 이장은 반쪽일 뿐이었다. 귀신도 선녀님도 보지 못하는 반쪽. 낭지가 선녀님이 깃든 보현나무에서 선녀님을 실을 때마다 질투가 일었다. 내가 낭지라면 더 잘할 수 있을 텐데. 나만 선녀님을 모신다면 참 좋을 텐데. 그렇다면 나만의 왕국을 짓고 내 백성들을 이롭게 할 텐데.

그 욕망의 답은 하나였다. 낭지를 죽이는 것. 선녀님도 자신을 이해해줄 거라고 이장은 생각했다.

하지만 낭지가 죽고 신수였던 보현나무가 죽어가기 시작했다. 이장은 생각했다. 왜 자신을 버려두고 가는가? 자신은 아직 이루지 못했는데. 그때도 낭지가 떠올랐다. 열일곱 꽃다운 나이의 낭지가 보현나무에서 선녀님을 몸에 싣던 모습이. 그 덕에 몇 번 실패를 거듭했지만, 결국은 선별된 소녀를 선녀님의 그릇으로 삼을 수 있었다.

이장은 이제 머지않아 죽을 테고 후대까지 선녀님은 소녀의 몸속에 깃들 것이다. 낭지. 네가 이제야 무슨 힘으로 나를 죽이러 올까.

*

낭지의 얼굴은 다시 개구쟁이처럼 장난기가 가득
했다. 발을 디딜 때마다 긴 댕기가 흔들거렸다. 당장이
라도 마을로 진격할 것 같던 낭지는 옛 보현나무가 있었
다던 경비 초소 앞에서 뛰어놀고 있었다. 마치 누군가를
기다리는 것처럼. 라디오에서 새벽 한시를 넘겼다는 디
제이의 단조로운 목소리가 들렸다.

불현듯 여우 바위에서 아이들이 발견했던 돌이 떠
올랐다. 이왕 이렇게 된 거, 미주는 그에 대해 묻기로 했
다. 목소리가 나오지 않는데도 낭지는 미주의 말을 알아
들었다.

"그건 그곳에 원귀가 다시 자리를 틀지 않게 하려고
기운을 담아둔 부적이야. 보현나무와 가까워 혹여나 삿
된 것이 탈까 봐 결계도 함께 쳤어. 내가 청호리로 들어
갈 수 없었던 것처럼 너도 결계 안에서 귀신들을 보지
않았겠지. 하지만 너희가 그 부적을 없앴고, 그 덕에 부
적에 깃든 내 힘이 다시 내게 돌아올 수 있었어. 나는 이
제 청호리로 들어가는데 너는 청호리에서 귀신을 보게

생겼네.”

낭지는 뭐가 재밌는지 배를 잡고 웃었다. 낭지의 말을 곱씹던 미주는 친구들이 진짜로 고민하던 걸 물었다.

‘그럼 거기서 오늘 사람이 죽은 건요?’

준영은 물론 그곳에 함께 있던 아이들 모두 걱정하고 있었다. 미주 또한 그곳에서 방울 소리가 들렸다고 말하지 않았다면 사람이 죽거나 준영이 고통받을 일은 없을 거라고 자책했다. 깔깔깔 웃던 낭지가 미주 질문에 얼굴에 웃음기를 지우며 모호한 표정을 지었다.

“원귀는 이미 퇴치했으니 그건 그냥 우연 같은 필연이지. 이제 하늘이 내 편이 되었다는 필연. 모든 게 이장한테 안 좋게 흘러가고 있……. 근데 정말 그게 궁금한 거야?”

‘그 말인즉, 필연 같은 우연이란 말이죠?’

미주는 웃었다. 다행이었다. 죽은 사람한테는 미안한 일이지만 우리 때문이 아니라니 정말 다행이었다. 짐을 덜어낸 기분이라 상쾌하기까지 했다. 그 속내를 알았는지 낭지는 가만히 미주를 보다가 코웃음을 쳤다.

“그게 뭐 중요하다고. 니랑 얘기하는 거 너무 한심해서 그만 가야겠다.”

낭지의 모습이 흔들렸다. 라디오도 주파수가 잡히

지 않아 지직거리는 소음이 들렸고 뒤돌아보자 가로등 불빛이 차례대로 하나씩 꺼졌다.

"미주야, 일어나. 마을회관 가야지. 무슨 꿈을 꿨길래 그렇게 헤실헤실 웃어? 깨우는 데 미안하게."

미주는 자신을 흔들어 깨우는 주경을 보며 깨어났다. 방 안의 불은 환하게 켜져 있었고 주경은 외출복 차림이었다. 아직 잠에서 깨지 않은 눈을 비비며 미주는 상체를 일으켰다. 주경이 옷을 꺼내주며 아직 멍한 딸이 옷 입는 걸 도왔다.

"아니, 이 밤에 무슨 회관이야?"

시간을 보니 새벽 한시 삼십일분이었다.

"이번 동제 때 부정 타는 일이 생겨서 모두 모여 기도할 거야. 청수호에서 사람이 죽었잖아. 그 사람이 선녀님의 품으로 가도록 추모해주자."

"그걸 왜 지금 이 시간에……. 그것도 자는 사람을 깨워서……."

미주는 투덜거렸지만, 꿈에서 낭지가 친구들 때문에 일어난 사고가 아니라고 해준 게 기억났다. 죄책감에서 벗어나기도 했고 이왕 이렇게 된 거 그분을 위한 기도쯤이야, 하는 생각을 하며 옷을 마저 입었다. 눈곱을

떼며 이 희소식을 아이들에게 어떻게 최대한 자연스럽게 전해줄지 고민했다.

미주는 주경의 팔짱을 낀 채 축축하고 어두운 밤길을 걸었다. 주경이 비추는 손전등 불빛이 발밑을 비췄다. 멀리서 개구리와 밤벌레가 울었고 간혹 부엉이 울음소리도 들렸다.

'아는 무당이 알려줬다고 할까?'

제법 그럴듯한 건 이것밖에 없었다. 아이들이 샤먼에 대해 열려 있으니 조금은 믿을 것이다. 그러나 믿지 못하는 부분도 있을 테고, 미주도 떳떳하게 얘기하지 못하는 것이 영 찜찜했다.

멀리 회관으로 가는 마을 사람들이 보였다. 그런데 이장의 집 앞에서 수런대는 말소리가 들리더니 점점 격해졌다. 가까이 가자 대문 앞에 서 있는 정아와 성이 보였다. 낮은 조도의 백열등 밑에서 아들의 팔을 잡으며 애원하는 정아와 그 말이 귀찮다는 듯 인상을 찌푸리는 성의 모습이 보였다.

규율 때문에 미주는 성을 며칠 만에 보는 셈인데, 기억이 조작되지 않았다면 그사이에 살이 엄청 빠져 보였다. 그래서인지 인기척에 돌아서서 미주를 노려보는 성의 눈매가 꽤 날카로웠다. 그 눈빛에서 적개심을 본 미주는 어안이 벙벙했다. 대화를 나눈 것도 손에 꼽힐 정도고 관심이 없으니 쳐다본 적도 없었다. 그런데 가만히 지나가는 사람에게 왜 시비지.

주경도 성의 눈빛을 느꼈는지 미주가 흥분하지 못하게 팔을 꼭 잡았다. 성은 정아의 손을 뿌리치고 씩씩거리며 회관으로 향했다.

"어머, 너희 언제 왔어? 같이 가자."

조금 전까지 성을 안타깝게 쳐다보던 정아는 언제 그랬냐는 듯 생글생글 웃으며 주경의 팔에 팔짱을 꼈다.

"애가 어릴 때 말도 늦고, 첫걸음마도 늦고 하더니 사춘기도 늦게 오나 봐. 요즘 밥도 잘 안 먹고 학원도 안 가고 방 안에만 틀어박혀 있어. 어르고 달래봐도 내 말은 안 듣고. 선생님께 말 좀 해보라니까 그냥 두라고만 하고. 답답해죽겠어."

종알종알 말하던 정아는 '앗' 하더니 입을 막았다. 그리고 하늘을 보며 중얼거렸다.

"선녀님, 정말 죽겠다는 말은 아닙니다."

"그래서 성이가 많이 야위었구나. 아픈 줄 알았어."

주경도 성을 걱정했다. 미주는 여자애들도 살 뺀다고 일부러 굶는데, 밥 안 먹는다고 굳이 걱정할 필요는 없지 않나 싶었다. 주경이 다시 미주의 팔을 꽉 쥐었다.

무슨 생각을 하는지 뻔히 아는 것처럼.

정아가 고개를 내밀어 미주를 보며 물었다.

"미주야, 성이 학교에서 무슨 일 있었니?"

"반이 달라서 모르겠어요."

"하긴, 늘 붙어 있는 남자애들도 모르겠다고 하더라."

"그러다 말 테니 너무 걱정하지 마. 미주도 사춘기때 속 썩이다가 어느 순간부터는 철들더라."

이번엔 미주가 주경의 팔을 꼭 쥐었다. 마주친 눈으로 자기가 언제 그랬냐고 따졌으나 주경은 코웃음을 쳤다. 하긴 그걸 인지하기도 벅찰 만큼 귀신들한테 시달린 걸 생각하면 주경이 고생이 참 많았다.

"아, 연희한테 도착했다고 연락 왔니? 여기서 케냐는 얼마나 걸리는 거야?"

"아직 연락 못 받았어요."

"이동 중인가? 거기는 인터넷이 잘 안돼서 연락하기도 힘들다더라."

그렇다면 바로 연락받는 건 힘들겠다. 미주는 연희가 괜찮은지 궁금했다. 그것만 알았으면 좋겠다 싶었다.

미주가 시무룩해 있자 정아가 위로의 말을 전했다.

"너무 걱정하지 마. 걔가 선녀님께 그동안 빈 소원

이 가족과 함께하는 거야. 드디어 그 소원이 이뤄지는 거니 함께 축하해줘야지."

미주는 주경과 정아를 바라봤다. 연희는 분명 친구가 생기는 게 소원이라고 했다. 그런데 주경과 정아는 연희의 소원이 가족과 함께하는 거라고 했다. 마치 둘이 입이라도 맞춘 것처럼.

그런 의문도 잠시 그들은 마을회관에 도착했다. 웅성거리는 회관으로 들어가 사람들 틈에 자리를 잡는 데 신경 쓰는 바람에 미주는 그냥 기분 탓이라고 넘겼다.

*

미주는 초록이 묻어나는 나뭇잎 그림자 속에 서 있었다. 연희의 버릇처럼 등에 멘 가방끈을 양손에 잡으려고 했지만 깁스 때문에 왼손만 꼭 쥔 채로 눈앞의 경비 초소를 보았다. 미간을 찌푸린 채 텅 빈 내부를 보며 골똘히 생각했다.

새벽 기도 시간에 연단에 선 이장은 동제가 얼마 남지 않았으니 집 안을 깔끔하게 청소하고 몸가짐을 단정히 하여 부정 탈 일을 만들지 말아라, 선녀님께 매 순간 기도하라, 청수호에서 시체가 발견되어 외부인들이 마을에 올 수도 있으니 말을 아껴라…… 하는 잔소리만 늘어놓더니 대뜸 철식이 딸을 보러 마을을 떠났다고 했다.

"공부 잘해서 미국 유명한 대학에서 박사 학위 준비 중이라는 딸? 어찌나 자랑을 그렇게 하던지. 너희도 열심히 선녀님께 기도하며 공부하라고 하더니 갑자기 미국에 갔다고?"

연희가 가족한테 가고, 그다음에 철식이 딸한테 갔다. 연희는 그렇다 치고, 마을 사람들이 이번 동제에 목매고 있다고 해도 과언이 아닌데 누구보다 마을에 충성을 다하는 철식이 하필 지금 딸한테 가다니.

이장은 자세한 이유는 말하지 않았다. 그가 그렇다고 하니 그 자리에 있는 사람들은 그런가 보다 여겼다. 평소였다면 미주도 그러려니 할 테지만, 간밤 꿈에서 철식의 시체를 보았기에 이 상황이 이상하기만 했다.

물론 꿈은 꿈일 뿐이었다. 미주는 낭지가 정말 철식을 죽였다고는 생각하지 않았다.

'아니지.'

미주는 고개를 삐딱하게 하고 경비 초소를 노려봤다. 오른발로 아스팔트 땅을 두드리며 생각에 잠겼다.

철식이 죽은 게 그저 꿈에서 벌어진 일이라면 여우 바위에서 사람이 떨어진 게 사고일 뿐이라는 낭지의 말도 사실이 아닐 수 있다. 그러면 다시 걱정이 시작될 터였다. 하지만 그 걱정 때문에 꿈이 현실이기를 바라는 게 맞을까? 그것보다 철식의 시체는 어디에 있고 경찰은 왜 보이지 않을까?

머리를 벅벅 긁던 미주는 입으로 눈앞을 가리는 머리카락을 불어 넘겼다.

"여기서 뭐 하냐?"

동산이 마을에서 터벅터벅 걸어왔다. 이제 철식 대신 그가 경비를 서는 모양이다.

"지나가는 길인데요?"

미주는 쌩하니 돌아서서 버스 정류장으로 향했다.

'아, 몰라. 믿고 싶은 것만 믿자.'

그렇게 생각했지만 미주는 금방 다시 고민하고 말았다.

*

"동아리 활동 이제 그만해야 할까 봐."

준영이 급식도 먹지 않을 정도로 우울해한다는 하나의 말에 미주와 친구들이 부실로 준영을 불러 매점에서 산 간식거리를 그 앞에 부려놓는 참이었다.

"그게 무슨 소리야? 그믐을 그만하자는 말이야?"

풀죽은 준영의 폭탄선언에 하나가 펄쩍 뛰었다. 핫바를 우물거리던 빛나도 눈을 동그랗게 떴다.

미주는 아직 어떻게 얘기를 전해야 할지 고민 중이었다. 꿈을 어디서부터 어디까지 믿어야 할지, 귀신의 말을 믿어야 하는지. 대충 둘러대면 아이들이 어디까지 믿어줄지도 알 수 없었다.

"뭐, 이제 빛나도 자주 못 나올 거고, 연희도 가족이 사는 곳에서 살지 않겠어? 그럼 우리 셋이 동아리를 유지하기엔 무리야. 학주도 내심 학생이 공부해야지 쓸데없는 괴담이나 파고 다닌다고 뭐라 했잖아."

준영이 말하는 학생주임은 그믐 동아리 담당 선생이었다. 앞으로 서울대를 갈, 학교를 빛낼 인재인 준영이 원하는 건 뭐든 해주겠다는 의지를 가지신 분이기도 했다. 그게 학주 시선에 아이들이나 믿을 법한 오컬트 동아리라 해도.

"부원이야 모으면 되잖아. 공부하겠다고 동아리에 들지 않은 아이 중에……."

"나는 그렇게까지 해서 유지를 해야 하나 싶어."

의욕 없는 준영의 말에 하나도 더는 뭐라 덧붙이지 못했다. 하나가 빛나와 미주에게 무슨 말이라도 해보라고 눈짓했다.

"아직 그 사고가 금기를 건드려서인지 확실하지 않잖아. 속단하기는 이른 것 같아."

빛나가 말하자 하나가 고개를 끄떡였다. 준영이 간식에 손대지도 않은 채로 일어섰다.

"너희한테 미안해. 나 좋자고 시작한 일에 끌어들여 놓고 막상 사고가 나니 무책임하게 없애는 꼴이네. 가자, 점심시간 끝날 때 됐어."

교실로 돌아온 아이들은 자리에 앉았다. 오는 내내 아이들은 별말이 없었다. 생각보다 단호한 준영의 모습에 눈치만 보다 말할 기회를 잃은 미주는 한숨만 쉬었다. 동아리 활동을 멈춘다니, 너무 아쉬웠다. 처음엔 들어가기 싫었지만, 지내면서 아이들과도 가까워졌고 즐거운 추억도 많이 생겼다. 힘들었던 과거를 잊을 만큼.

'말할 기회를 잃은 게 아니라 하지 않은 거지. 좋았던 모든 걸 잃어버릴까 봐. 결국 또 나만 생각하는 거야. 나 좋자고, 아이들이 힘든 걸 뻔히 알면서. 엄마한테 그랬던 것처럼.'

미주는 입술을 짓씹으며 신경질적으로 책상 서랍을 뒤졌다. 교과서를 꺼내는데 툭 하고 바닥에 뭔가가 떨어졌다. 하얀 봉투 안에 종이가 들어 있었다. 줄이 그어진 노트를 여러 장 찢어 꽤 두툼했고 글씨는 정갈했지만 삐뚤빼뚤한 곳도 있었다. 그야말로 장문의 편지였다. 그때 국어 선생님이 교실로 들어왔다. 아이들은 자리에 앉느라 어수선했다.

"뭐야? 연애편지?"

하나가 미주의 손에 있는 걸 보고 눈을 빛냈다. 그때 선생님이 "주목!"이라고 외치는 바람에 대놓고 보지 못해 하나는 작게 혀를 찼다. 그러면서 작게 속삭였다.

"근데 누군지는 몰라도 사랑 고백을 참 구구절절하게 한다."

미주는 품 하고 웃음이 터지는 걸 애써 참으려 입술을 물었다. 네 장이나 되는 종이를 보면 그렇게 생각할 수도 있었다. 편지는 다행이라고 해야 할지 하나의 말처럼 사랑 고백 편지는 아니었다.

이 비밀을 누구에게 말할까 하다가 매일같이 나를 비웃는 네가 적임자 같아서 너한테 보낸다.

모호한 표정을 지으며 미주는 선생님을 흘깃대다가 앞 친구의 등에 갖다 대고는 편지를 읽기 시작했다. 정독하던 미주가 갑자기 벌떡 일어났다. 모두의 시선이 몰렸다.

"한미주, 왜 그래?"

선생님의 질문에 미주는 뒤늦게 앞을 바라봤다.

"속이, 좀……."

"화장실 가야겠어?"

미주는 고개를 끄덕였다. 다녀오라는 선생님의 말이 떨어지기도 전에 미주는 밖으로 나왔다.

편지에는 청호리의 비밀을 고발하는 내용이 있었다. 그동안 낭지에게 드문드문 들었던 내용을 자세하게 설명한 내용이었다. 그러나 듣지 못한 것도 있었다.

삼 년마다 크게 동제를 지내는 건 멍청이가 아닌 이상 잘 알 거야. 마을 사람들이 제일 기다리는 날이지. 새로운 소원을 빌 수 있거든. 그땐 타지에 나가 있던 이들도 돌아와서 기도해. 매번 똑같았어. 그걸 오십 년을 이어온 거야. 근데 삼십 년 전에 보현나무가 죽었어. 선녀님이 깃든 신수가 말이야. 이장님은 마을이 유지되기 위해서는 선녀님이 깃들 그릇이 필요하다고 생각했어. 그렇게 열일곱 살이 되는 소녀가 그릇이 된 거야. 결계에서 일부러 잠들게 만들었어. 그 몸에 선녀님이 있대. 하지만 신체는 오래 버티지 못해. 알겠어? 왜 동제가 삼 년마다 열리는지. 올해에는 누가 그릇이 될지 이제 알 것 같니?

소녀를 찾던 낭지가 떠올랐다. 그땐 그냥 신경 쓰지 않았는데. 학교 건물 밖으로 나온 미주는 숨을 몰아쉬었다. 오월의 햇살이 내리쬐었지만, 한 마을의 거대한 실체에 몸이 벌벌 떨렸다. 여자애들의 목숨으로 모두의 욕망을 충족시키는, 그러면서도 부끄러움 하나 없이 뻔뻔한…….

미주는 손안에 구겨진 종이를 다시 펼쳐 봤다.

연희는 엄마를 만나러 가지 않았다.

*

밤벌레가 우는 골목에 숨어서 미주는 마을회관을 지켜봤다. 창백한 불빛을 내뿜는 회관에서 인호가 나왔다. 손에 가방을 들고 있던 인호는 걷어 올린 셔츠의 소매를 내렸다. 그가 고갯짓하자 청년 중 한 명이 회관의 유리문을 잠갔다.

평소에도 저 문을 잠갔던가? 알 수 없었다. 관심도 없었으니.

연희는 청호리 마을회관 지하에 잠들어 있다. 동제 때 선녀님을 몸에 받을 것이다.

몇 시간째 이 자리에서 마을회관에 들어갈 틈을 노렸으나 밖에서는 마을 청년들이 돌아가며 그 앞을 지키고 섰다. 인호가 잘 지키라고 당부하듯 청년의 어깨를 두드리고는 집으로 향했다. 회관 뒤에서 다른 청년이 순찰을 다녀와 앞에 있는 청년과 잡담을 나누기 시작했다.

미주는 그들 뒤에서 어둠을 등에 업은 커다란 삼층 건물을 노려봤다. 저렇게 어두운 곳에 들어갈 구멍이 저 입구 하나뿐이라니. 누가 보냈는지 모를 편지에는 무작정 회관으로 들어갈 수는 없으니 괜한 시도로 시선을 끌지 말라는 경고가 적혀 있었다. 미주의 성정을 잘 아는 이가 보낸 것이 분명했다.

"비열한 자식!"

자신의 책상 서랍에 넣었다면 청호리 남자애 중 하나일 것이다. 누구인지는 그리 궁금하지 않았다. 마을의 비밀을 알면서도 행동하지는 않고 미주한테 말하고는 양심의 가책을 덜겠다는 심보에 화가 날 뿐이었다.

경찰에 신고는 하지 않는 게 좋아. 사람이 죽어 나가도 쉽게 무마할 정도로 이곳은 여기저기 연결되어 있어. 그냥 믿을 어른은 없다고 봐야 해, 너의 엄마까지도.

너의 엄마까지도. 그 말에 미주는 한순간 숨을 멈췄다. 믿을 수가 없는 사실에 아닐 거라고 하면서도 연희가 사라진 날 이상하게 굴었던 주경도, 기도가 이뤄진 거니 연희는 좋을 거라고 주경과 똑같이 말하던 정아도 이 사실을 다 알고 있으면서 오히려 아무렇지 않아 했다. 미주는 그 모습에서 배신감이 들었다.

대체 자신보고 어떻게 하란 말일까? 이제 예전처럼 엄마를 볼 수도, 마을회관에 들어가서 연희를 구할 수도 없는데.

*

"너 대체 왜 그러는 거야?"

동아리 활동 시간이라 육상부로 간 빛나를 제외한 준영, 하나, 미주는 부실에 모여 아무 말 없이 앉아 있었다. 서로 딴짓하는 척 눈치만 보다가 하나가 결국 참지 못하고 거꾸로 든 책을 덮었다. 오컬트개그판타지를 표방한 소설이 눈에 들어올 리가 없었다. 눈이 퉁퉁 부은 미주가 내내 신경 쓰였다. 전날 편지를 보고 사색이 되어 나간 이유도 대답해주지 않았다.

"대체 어떤 새끼야? 아니면 년이야? 암튼 그거 사랑 고백 편지 맞아? 아니지. 사귀자는 편지라면 네가 그렇게 충격받을 리는 없지. 결투장이야? 널 욕해? 악플로 네 장이야? 어떤 자식이야? 내가, 아니 빛나가 때려줄 거야."

"하나야, 미주가 얘기하기 싫을 수도 있잖아. 민감한 내용일 수도 있고."

"친구가 저렇게 괴로워하는데 모른 척하는 게 더 이상하잖아! 미주가 힘드니까 우리가 가서 패줄 수도 있지!"

버럭버럭 소리치는 하나를 보던 준영이 고개를 끄떡이며 미주에게 몸을 돌렸다.

"그래, 나도 도와줄게."

미주는 둘을 한참 쳐다봤다. 그리고 잠긴 목소리로 말했다.

"이건 여우 바위에서 금기를 어겼다는 것보다 더 위험한 일이야. 너희는 모르는 게 나아."

힘없이 중얼거리는 말에 하나와 준영은 서로를 쳐다봤다.

"무슨 일인지 듣고 나서 우리가 결정하면 안 돼? 위험한 일이래도 우리가 뭐라도 도울 수 있는 일이 있을지도 모르잖아."

"너 혼자 해결할 수 없으니까 괴로워하는 거 아냐?"

하나와 준영의 말에도 미주는 대답할 수 없었다. 아이들을 믿지만, 어른들은 믿을 수가 없었다. 게다가 하나는 아버지가 경찰이니 말할지도 모르고.

준영의 말처럼 이도 저도 못 하고 고민만 할 뿐이었다. 금방이라도 마을을 뒤집어엎을 것처럼 말했던 낭지도 감감무소식이고. 하나 확실한 건 낭지의 말이 모두 사실이었다는 거다.

아이들은 여전히 미주를 바라보고 있었다. 미주는 믿음직스러운 그 눈빛에 힘을 얻었다. 친구들의 말이 맞았다. 무섭다고 질질 끌고 있을 수만은 없었다. 결단을 내려야 했다. 동제가 일주일 남았으니까. 그리고 정작 위험한 건 연희가 아닌가.

"난 귀신을 봐."

그 말에 눈을 동그랗게 뜨고 헉 소리를 낸 하나는 준영을 봤다. 시큰둥한 표정이라 오히려 하나가 어이없어했다.

"뭐야, 너는 왜 안 놀라?"

"어느 정도 예상했어. 가끔 뭔가를 보는 듯 허공을 보거나 여우 바위에서 들리지도 않는 방울 소리가 들린다고 하고, 그 이상한 빨간 돌의 위치도……."

거기까지 말한 준영은 입을 다물었다. 자연스레 이후의 일들이 연상된 모양이었다.

미주가 다급하게 말했다.

"그거 아니래!"

"응?"

"그건 부적인데, 다른 원귀가 들러붙지 않게 결계를 쳐둔 거라고 했어."

"아, 네가 안다던 그 지인이 알려준 거야?"

하나는 금기에 대해서 알아보겠다고 말했던 지난날의 미주를 떠올렸다. 알은체하자 미주가 또 눈치를 봤다. 잠시 머뭇거리던 미주는 크게 심호흡하고 치마 주머니에서 편지를 꺼냈다. 잔뜩 구겨졌지만, 다시 잘 펴서 접은 편지지를 준영이 받아 들었다.

"이제 할 얘기는 꽤 위험하고 심각해. 일단 이거 먼저 읽어봐. 여기에 청호리의 비밀이 적혀 있어. 고발문같은 거지. 너희도 알다시피 청호리는 다른 마을과 달라. 평범한 전원주택단지처럼 보이지만 변재선녀를 믿는 집단이기도 해. 사이비종교지. 하지만 그 선녀님은 존재해. 기도를 들어주시거든. 부자가 되게 해달라, 누군가를 이기게 해달라, 아프지 않게 해달라, 아이가 잘 되게 해달라. 나랑 엄마도 그것 때문에 이곳에 온 거야."

　편지지를 빠르게 보던 준영이 미간을 찌푸렸다. 어느 부분에서는 심호흡했고 어느 부분에서는 한숨을 내쉬었다. 자리에서 일어나 서성거리거나 주먹을 꽉 쥐며 충격과 화를 참았다. 하나도 준영이 주는 편지를 한 장씩 받아 보다가 이내 소리 질렀다.

　"연희가 엄마한테 간 게 아니면? 연희 어떡해? 지금 그 마을회관에 있다는 거잖아? 이거 진짜야? 이게 진짜라면 경찰에 어서 신고해야지! 아빠한테 당장 전화를……."

　"하나야, 진정해. 편지에도 있지만 어른들을 믿을 수가 없다고 하잖아. 이 마을에서 오래도록 이런 일을 자행해왔다면 먼저 경찰과 정치인을 포섭했을 거야. 거천시 사람들도 이 마을을 조금 이상하다고 할 뿐, 시에 많은 발전 기금을 기탁해서 좋아하고 있고. 우리 학교에도 청호리 출신 선배들의 후원이 여전히 이어지고 있어. 외압으로 수사조차 이뤄지지 않을걸. 게다가 증거도 없이 우리 말을 믿어줄지도 의문이고."

　준영의 차분한 설명에 하나가 자리에서 벌떡 일어

났다.

"지금 우리 아빠 의심하는 거야?"

"너희 아빠만이 아니라 모든 어른을 의심하자는 거야. 조심해야 해. 무턱대고 알린다면 미주가 위험해질 수 있어."

"그럼 어떡해? 이건 우리의 힘으로는 어쩔 수 없어. 미주 너도 참 대단하다. 어떻게 이런 끔찍하고 위험한 걸 혼자 해결할 생각을 다 했니?"

다시 의자에 앉으며 하나는 미주를 흘겨봤다.

"혼자서 속 많이 끓였겠다."

"이런 일이 일어나고 있을 때 나는 낭지라는 여자 귀신에 대한 꿈을 꿨어. 청호리 이장은 젊었을 때 변재 선녀님을 모시는 무당을 만나라는 계시를 받고 이곳에 왔대."

미주는 낭지를 만나 자신이 겪었던 일, 전해준 말들을 아이들에게 전부 전했다. 그리고 낭지가 철식을 죽인 것과 철식의 죽음을 은폐하던 이장의 이야기까지.

"나 여우 바위에 관해 할머니한테 들었을 때 그때 그 무당 얘기 들었던 것 같아. 거천시에서 제일 용했는데, 그 무당이 신내림을 받았을 때 딴 무당들도 큰무당이 나왔다고 했었대. 그래서 거천시에서 굵직굵직한 굿을 많이 했다고 했어."

"그런데 그렇게 살해당했을 줄이야. 이장이 그러고 있다면 경찰이 범인을 못 잡았다는 말이잖아. 나 같아도 복수하겠다고 귀신으로 나타나겠다."

하나의 말에 준영이 팔짱을 낀 채로 뭔가를 골똘히 생각하다가 물었다.

"그 귀신을 다시 보진 못했어?"

미주가 고개를 끄덕이자 준영이 말했다.

"사실 사람이 해결할 수가 없다면 귀신이 해결하는 게 제일 빠르고 확실한 방법이지. 일단 청호리 마을과 그 무당에 대해 알아보자. 여우 바위처럼 어디에서 굿을 했는지 확실하게 알면 좋고. 미주 너는 다시 그 여자를 만나면 우리가 도와줄 테니 연희 구할 방법을 물어봐."

"응."

"근데 왜 굿했던 곳을 찾아야 해?"

하나의 질문에 준영은 무언가를 생각하더니 손끝으로 머리를 긁적였다.

"내 추측이긴 한데, 여우 바위서 내가 부적을 빠뜨리는 바람에 결계에 금이 가고 그걸 만든 여자에게 기운이 돌아갔다며? 지켜만 보던 귀신이 말도 하고, 사람까지 죽이고. 만약 그런 곳이 여러 곳이고, 심어둔 부적들을 우리가 하나씩 없앤다면……."

"기운이 더 세지겠네?"

"물론 사람을 죽이는 건 나쁜 짓이야. 하지만 우리는 저들에게서 연희를 구할 힘이 없어. 그러니 이용할 수 있는 건 다 이용해야 해. 적의 적과 손을 잡는다면 우리에게 기회가 생긴다, 이 말이지."

미주도 동감했다. 생각지도 못한 것을 짚어내며 해결할 실마리를 제시하는 준영이 정말 놀라웠다. 막막하던 눈앞이 환해지는 느낌이었다.

"대신 이 일이 위험한 만큼 우리 목숨도 장담할 수 없어. 이 일을 할지 말지 결정은 신중하게 해야 해. 그게 미주가 고민하던 거고."

아이들은 서로를 쳐다봤다. 하나가 핸드폰을 들고 일어났다.

"수십 년 동안 우리 나이의 여자들이 희생됐어. 이대로 두면 연희도 곧 그렇게 될 거야. 그걸 알게 된 이상 무조건 막아야 한다고 생각해."

"위험하다고 해도?"

"당연하지."

아이들은 결연한 표정으로 고개를 끄덕였다. 하나가 말했다.

"나는 할머니한테 먼저 물어볼게. 할머니 친구들 찬스도 써보고. 아, 미주야. 이 이야기 빛나한테 해도 돼?"

미주는 귀신을 본다는 자신의 비밀을 아이들에게 말하기 주저했던 게 얼마나 쓸모없었는지 깨달았다. 다른 아이들처럼 이 아이들도 기분 나쁘다며 자신에게서 등 돌릴까 봐 두려웠다. 하지만 이번엔 달랐다. 미주를 믿어주었고 의지가 돼주었다. 이렇게 스스럼없이 도와주다니 눈물이 핑 돌았다.

"이 편지는 사진 찍어둘게."

이미 사진을 찍는 준영이 이어 말했다.

"나는 선생님들께 여쭤볼 건데, 왜 물어보냐고 물어보면 동아리 활동 때문에 마을 전설을 알아본다고 둘러대면 될 거야. 정보는 단톡방에 공유하자."

*

아이들은 청호리 마을과 무당에 대해 이것저것 물어보고 다녔다. 단톡방에 각자가 모은 정보가 하나씩 올라왔다.

구순읍에서 원광시로 가는 길이 도로공사에 들어가면서 무사고를 기원하는 고사를 지냈다는 하나의 메시지가 올라왔다. 도로 앞 슈퍼 쪽에서 지냈다는데 그 자리에 도로가 들어서서 부적이 남아 있을지 의문이라고도 했다.

그 정보에 아이들은 구순읍 널찍한 도로 위에서 한참이나 주위를 살피고 서성거렸다. 쌩쌩 지나가는 자동차와 트럭 사이로 미주는 혹여나 그때처럼 방울 소리가 들리지 않는지 귀를 기울였다. 고개를 흔드는 미주의 얼굴을 보던 아이들 면면에 실망한 티가 가득했다.

"그래도 그동안 결계가 작동했다는 건 저 도로 밑 어딘가에 그 부적이 있다는 말이네. 도로를 뜯어낼 수도 없으니 오늘은 그냥 가자."

준영이 아이들을 다독였다. 그날 배기가스와 흙먼지를 잔뜩 들이켠 아이들은 별다른 성과 없이 녹초가 되어서 집으로 돌아갔다.

이번에는 준영이 메시지를 보냈다. 학생주임 선생님이 국민학교에 다닐 때, 바로 옆 중학교 2학년 학생들이 수학여행을 갔다고 했다. 당일 비가 억수같이 쏟아지는 바람에 청호산을 넘던 버스 한 대가 빗길에 미끄러져 산비탈에 굴러 전복, 살아남은 이가 몇 명 없는 참사가 일어났다. 이에 마을에서는 위령제를 올렸다. 장소는 청호산 정상을 지나 조금 내려가면 있는 위령탑 근처라고 했다.

　다음 날 학교가 끝난 아이들은 서둘러 위령탑으로 향했다. 청호산은 황금빛으로 물들어 있었다. 인적 없는 산길을 조금 더 내려가자 관리가 전혀 되지 않은 우거진 수풀 속에 위령탑이 보였다. 길쭉한 대리석 뒤에 사고로 사망한 이들의 이름이 나열되어 있었다. 그 앞에서 아이들은 묵념하고 주위를 살피기 시작했다.

　탑 뒤쪽으로 간 미주는 거미줄을 헤치며 해가 들지 않아 어둑한 산비탈을 내려다봤다. 그곳에서 작게 방울 소리가 났다. 나뭇잎이 쌓인 경사진 비탈에 조심히 발을 내디뎠다. 들쭉날쭉 선 나무를 한 손으로 붙잡고 가는데도 발밑이 꽤 불안정했다.

　"미주야, 거긴 왜?"

　"저 밑에서 방울 소리가 들려."

　미주가 말하자 하나가 준영과 빛나를 불렀다.

　"너희는 내려오지 마, 미끄러워……. 으악!"

　"조심해!"

　아이들에게 경고하자마자 균형을 잃고 뒤로 넘어진 미주가 아래로 미끄러졌다. 허겁지겁 손을 뻗어 지나치는 나무 밑동에 깁스한 팔을 끼워 넣었다. 겨우 멈춰 아무런 말도 하지 못하고 숨만 몰아쉬는데 머리 꼭대기에서 준영이 소리쳤다.

"미주야, 괜찮아?"

미주는 나무에 걸린 오른팔을 올려다봤다. 아무리 깁스를 했다지만, 생각보다 팔이 전처럼 아프지 않아 놀라웠다.

"괜찮아, 안 다쳤어."

미주는 다시 미끄러지지 않게 조심하며 일어나 앉았다. 바로 근처에서 들리는 방울 소리에 고개를 돌리니 조금 위쪽에 커다란 돌이 겹겹이 쌓인 곳이 보였다. 미주는 엉금엉금 기어 그곳으로 가 돌을 밀어 치웠다.

"저번처럼 갑자기 방울 소리가 크게 날 수 있을지도 몰라. 조심해."

"응."

마저 하나를 치워내자, 붉은색이 바랜 돌멩이 부적이 나타났다. 길쭉하고 평평한 돌 위에 알아볼 수 없는 글자가 새겨진 부적이었다. 미주는 그걸 커다란 돌 위에 올려놓고 그보다 좀 작은 돌을 왼손에 들었다. 그리고 힘껏 내리쳤다. 둔탁한 소리가 들렸지만, 부적은 흠만 났을 뿐 깨지지 않았다. 대여섯 번 내리치자 쩍하고 금이 갔다. 일곱 번째에 기합과 함께 돌 부적을 부쉈다.

부서진 걸 확인하고 미주는 눈을 질끈 감았다. 거센

방울 소리가 들릴 줄 알았는데 고요했다. 눈을 떠 고개를 들자 걱정스레 지켜보는 아이들의 얼굴이 보였다. 깨진 돌 부적을 들어 보였다.

"괜찮아."

그 선언과도 같은 말에 아이들은 그제야 긴장을 풀었다.

*

그 이후 별다른 성과가 없었다. 마을에 관한 이야기가 너무 오래되어 자세히 기억하지 못하는 사람이 많았고 대개 추측성 소문이 많았다. 낭지의 죽음에 대해서는, 어린 무당이니 그 힘을 시기한 다른 무당이 살을 날려 죽인 거라는 말과 너무도 예뻐서 어떻게 해보려고 하던 건달이 죽인 거라는 말이 대부분이었다.

하나가 아버지한테 은근슬쩍 낭지의 살인사건을 물었다. 하나의 아버지는 오래된 사건이었음에도 그 일을 자세히 기억하고 있었는데 이는 하나의 아버지의 아버지, 즉 하나의 할아버지가 맡았던 사건이었기 때문이다.

당시 용의자로 여러 명이 지목되었고 그중 낭지의 제자였던 지금의 청호리 이장도 있었지만, 피해자 사망

시간에 읍내에 있었다는 알리바이가 입증되어 혐의를 벗었다. 범인을 잡았냐는 질문에 그건 기억나지 않는다고 한 걸로 보아 미제 사건으로 남았을지도 모른다고 하나는 말했다.

그렇게 동제 전날 토요일이 되었다.

답답한 마음에 아이들은 흩어져서 정보를 찾아보기로 했다. 하나와 빛나는 마을회관마다 돌아다니기로 했고 준영은 아는 무당을 찾아가기로 했다. 거천시 도서관에 간 미주는 그곳에서 전산화된 거천시 지역신문을 찾아봤다. '낭지'와 '변재선녀' 그리고 '1970년'이라는 키워드를 넣어 검색해보았다. 잠시 뒤 두 개의 검색 결과가나왔다.

제일 위를 누르자 여우 바위에서 굿을 하는 무당의 사진을 발견했다. 흑백사진엔 무복을 입은 무당과 그녀를 돕는 이장이 있었다.

그리고 다음 목록엔 무당의 인터뷰가 있었다. 무당의 이름은 '낭지'라고 적혀 있었다. 변재선녀님이 어떤 존재인지, 믿음은 어떤 것인지, 그동안 기억에 남는 굿이 있다면 어떤 것인지 묻는 인터뷰였다. 미주는 마지막 질문에서 삼룡 계곡에서 넋건지기굿을 했던 게 기억에 남는다는 낭지의 답변을 인쇄했다.

단톡방에 자료를 올리고 도서관 밖으로 나오니 한 낮에 비가 내리고 있었다. 당장 삼룡 계곡이 있다는 원효리로 가려고 하는데 주경에게 전화가 왔다. 사실 동제 전날부터 마을은 제사 준비로 정신없는 상태였다. 와서 도와야 한다는 주경의 말을 듣지도 않고 나온 것이다. 역시나 전화를 받자 주경은 화를 내기 시작했다.

"너 어디야? 엄마가 오늘이랑 내일은 무슨 일이 있어도 같이 참여해야 한다고 했잖아. 신신당부했는데 그새 어디를 나갔어?"

핸드폰 너머로 주경의 화가 고스란히 전해졌다.

"엄마, 미안한데 나 급히 가야 할 데가 있어. 이따 얘기해."

그렇게 말하며 미주는 전화를 끊었다. 아이들이 단톡방에 원효리 입구에서 만나자는 메시지를 보내왔다. 주경에게 또 전화가 왔지만, 미주는 거절 버튼을 눌렀다.

도서관 앞에 잠시 주차하는 택시가 보였다. 뒷좌석에서 손님이 내리고 빈 차에 빨간 불이 들어왔다. 미주는 뛰어가 택시에 올랐다.

아이들은 두 사람씩 우산을 같이 쓰고 산속으로 들

어갔다. 빗발은 점점 강해졌고 산길은 질척거렸다. 빗물에 불어난 계곡은 흙탕물이 흘렀고 그 소리가 너무 커서 귀가 먹먹했다. 앞서던 준영과 하나가 멈췄다. 앞이 탁 트여 넓고 깊은 계곡이 눈에 들어왔다. 준영이 팔을 뻗었다.

"여기 계곡은 계단 형식으로 되어 있어. 물이 불어서 잘 안 보이지만 저기 물이 쏟아지는 곳이 깊고 넓거든. 바위를 휘도는 물살이 세서 원형이 된 거야. 그 위도 그렇고 또 위도 그렇고. 그 모양이 꼭 용이 승천한 곳 같아서 사람들이 삼룡 계곡이라고 불러. 수심이 깊은 만큼 익사 사고도 많았대. 작년에도 여기서 이십대 대학생 둘이 죽었다는 기사를 봤어."

준영의 설명에 아이들은 짧은 신음을 흘렸다.

"우리 괴담지 탐사하는 느낌이야."

"비슷하지, 뭐."

장소만 다르지 이렇게 비 오는 날 계곡이 있는 산속에 서 있는 게 폐병원을 탐사했던 것과 다를 바 없이 무서웠다.

"근데 여기서 어떻게 부적을 찾아야 할까. 비 때문에 물이 불었는데."

"위험하니까 물가에는 가지 말고 주위를 찾아보자.

내가 방울 소리가 들리는지 집중해볼게."

"미끄러우니까 발밑 조심하고."

준영이 저번처럼 미주가 넘어질까 경고하자 미주뿐 아니라 모두가 그 말에 고개를 끄덕였다. 아이들은 나눠서 부적이 있을 만한 곳을 찾아다녔다. 수풀을 치우고 돌이 보이면 들어 봤다. 나무 밑동도 살피고 흙탕물 속도 뚫어져라 쳐다봤다.

얼마나 주위를 샅샅이 뒤졌을까. 비는 그쳤고 사위는 어둑해졌다. 오로지 계곡물 흐르는 요란한 소리만이 여전했다.

"어쩔 수 없다. 내려가자. 지금까지 위령탑에서 찾은 부적밖에 못 부쉈지만, 그걸로 그 무당이 힘내주길 바랄 수밖에. 우리는 우리가 계획한 일을 하자."

홍호리에 산 하나를 넘는 옛길이 있었다. 먼 과거, 사람들이 정상을 넘어 장이 열리는 읍내로 가는 길이었다. 현재는 사람 발길이 끊기고 짐승들만 다니는 길이 되었는데 홍호리에서 청호리 신수가 있는 자리까지 이어졌다. 준영이 말한 계획은 이랬다.

동제가 시작되어 사람들이 몰린 틈을 타 미주가 마을회관 지하로 숨어 들어가 연희를 구한다. 그리고 연희를 데리고 그 옛길로 가 홍호리로 도망치면 대기하던 아이들은 거천시를 떠난다. 차를 가지고 있는 준영의 오빠를 포섭해 미주와 연희를 서울로 데리고 간다. 군 복무 중인 준영의 큰오빠 집에 머물며 그동안 청호리를 몰락시킬 증거들을 모으자.

*

계획에서 가장 중요한 건 연희를 구할 수 있느냐였다. 나머지는 무리 없이 실현 가능했으나 연희의 구출은 미지수였다. 밤마다 미주가 마을회관으로 가서 들어갈 틈을 노렸으나 오히려 동제가 가까워질수록 그 앞을 지키고 선 인원이 많아졌다.

미주는 점점 조급해졌고 실패할까 봐 두려웠다. 아이들도 같은 마음이 들었는지 헤어지기 전까지 말을 아꼈다.

"부디 몸조심하고 연희와 함께 보자."

하나가 미주의 손을 잡았다. 빨갛게 충혈된 눈에 금방이라도 눈물이 흐를 것 같았다. 애써 눈물을 참는 모습에 미주도 볼 안의 여린 살을 짓씹었다.

빛나가 믿음직스럽게 말했다.

"어떻게든 그 신수가 있다는 곳까지 와. 거기서 기

다리고 있을게. 누가 따라온다면 그때는 내가 지켜줄 수 있어."

마지막으로 준영이 당부했다.

"내일 연희를 구하지 못하더라도 다른 날, 다른 기회가 생길 거야. 너무 무모한 행동은 하지 마."

미주는 모두를 바라봤다. 허술하지만 모두에게 최선인 계획이 이뤄지기를 바라며 아이들에게 손을 흔들었다.

"내일 보자."

*

"너 요즘 대체 뭘 하고 다니는 거야?"

집에 돌아온 미주에게 주경이 화를 냈다.

"내일 무슨 날인지 몰라? 동제라고. 올해 동제는 남다르단 말이야. 제일 중요한 때에 이렇게 제멋대로 굴래?"

"나한테 중요한 거야, 엄마한테 중요한 거야?"

"뭐? 너 정말 몰라서 물어?"

"나는 이제 다 상관없어져서 그래. 그러니 엄마도 나 때문이라면 이제 그만해. 나, 이 마을에 어떤 일이 일어나는지 다 알게 됐어. 아무리 욕심을 채운다고 해도 그렇지, 어떻게 고작 그런 일로 사람을 제물로 바쳐? 그 것도 어린 여자아이를!"

미주는 그동안 참고 참았던 게 터져 나오는 것 같았다. 주경은 많이 놀랐는지 입을 다물지 못했다.

"어떻게 그래? 어떻게 연희한테 그래? 나 때문이라고 하지 마. 내가 좋아할 거라 생각했어? 남들처럼 평범해지는 거 나도 원하지만, 친구를 바쳐서 이루는 소원이라니 끔찍하고 소름 끼쳐. 엄마도 그거 알고 도망친 거지? 그런데 나 때문에 돌아온 거잖아. 내가 얼마나 엄마한테 미안했는지 알아? 그런데 나 때문에 이 미친 마을에서 내 친구까지 죽게 두라고?"

"그러지 않으면 네가 죽을지도 모르니까. 엄마는 너 잘못되면 못 살아. 그러니까 네가 살려면 어쩔 수 없는 일이야."

"엄마, 차라리 내가 죽는 게 나아. 차라리 엄마가 내 죽음에 슬퍼하는 엄마였으면 좋겠어. 타인의 죽음으로 욕망을 채우는 엄마가 아니라."

"엄마는 어떻게든 네가, 우리가 행복했으면 좋겠어서……."

"그게 얼마나 가겠어. 삼 년마다 다른 여자아이를

희생하면서 어떻게 행복해지겠어? 귀신을 보든 보지 않든 엄마와 연희는 나한테 중요한 사람이야. 엄마는 어때? 다시 물을게. 정말 내가 귀신한테 죽을까 봐 무서운 거야, 아니면 귀신을 보는 딸을 욕하는 남들의 시선이 무서운 거야?"

주경은 대답하지 못했다. 미주와 주경이 매번 도망치듯 이사 가야 했던 이유는 귀신과의 문제와 그걸 알아챈 사람들의 손가락질과 힐난하는 말들 때문이었다.

"그동안 엄마가 날 위해 해준 모든 건 고맙고 미안해. 그러니 이제 날 위해 아무것도 하지 마."

단호히 말하며 미주는 주경을 지나쳐 방으로 갔다.

*

어둠 속에서 바람에 스치는 나뭇잎 소리만 가득했다. 미주는 눈을 떴다. 히히히. 깜깜해서 아무것도 보이지 않았지만, 웃으면서 옆을 스쳐 가는 누군가가 느껴졌다. 분명 자신의 방에 있었으니, 이건 꿈이 분명했다.

'낭지?'

내내 존재를 드러내지 않더니 동제 날이 되자마자 낭지가 나타났다. 히히히. 다시금 옆을 지나갔다. 숨바

꼭질을 하는 것처럼 빨리 달리는 소리가 났다.

'어디 있어요? 얘기 좀 해요. 제 친구 연희가 오늘 동제에 제물이 될 거예요. 그 애를 구하고 싶은데 어떻게 해야 할지 모르겠어요.'

히히히.

'우리가 부적을 깬 거 알아요?'

"알지. 덕분에 좀 힘이 나네."

'그래서, 마을을 파괴할 수 있을 거 같아요?'

미주의 질문에 웃음소리가 뚝 그쳤다. 작은 한숨이 들렸다. 그 소리에 미주는 덜컥 불안해졌다. 그래도 미주와 아이들의 유일한 희망은 귀신인 낭지뿐이었다.

"결계가 깨졌다지만 마을은 선녀님의 기운이 강해서 이곳에서 나 같은 건 제대로 힘을 쓸 수가 없더라고."

'사람도 죽었잖아요!'

"하하하. 나도 참. 그럴 줄 알았으면 힘을 아껴두는 건데."

'웃을 일이 아니라고요.'

"너는? 위험한데 괜찮겠어? 나야 귀신이니까 또 죽지는 않겠지만, 넌 죽을지도 몰라."

'시도는 해봐야죠. 나만 무섭겠어요? 연희도 무서울 텐데. 아, 삼룡 계곡에 부적은 어디 있어요? 아무리 찾아

봐도 없더라고요.'

"거기까지 찾아간 거야? 제일 위 물속에 묶어놨지. 기특하네."

'그거 깨면 날아다니시려나? 그렇게 된다면 제 소원 들어주세요.'

"아니, 무슨 원귀한테 소원을 빌어. 뭔데?"

'진심으로 뉘우친다면 봐주기. 마을 사람들이 나쁜 건 사실이지만, 절박함에 잘못된 선택을 한 사람들을 불쌍히 여겨주세요.'

"원귀한테 많은 걸 바라네."

구시렁거리는 목소리가 점점 멀어졌다. 들어줄지 말지 확실하지는 않았지만, 미주는 그 방향으로 허리 숙여 인사했다.

'부탁드립니다.'

순간 눈이 부셔서 눈을 감았다 떴다. 저 멀리서 해가 뜨고 있었다. 사위가 밝아지자 주위가 자세히 보였다. 마을회관 뒷산에 홀로 서서 마을을 내려다보다가 다시 눈을 감았다 뜨니 어느새 자신의 방이었다.

급히 시간을 확인했다. 아침 일곱시였다. 미주는 일어나 방 밖으로 나갔다. 아무 기척이 없었다. 엄마는 동제를 지내러 갔을까? 미주는 옷을 급히 갈아입고 단톡방에 무당을 만났다는 메시지를 보냈다. 삼룡 계곡에 부적이 어디 있는지도 알렸다. 그리고 동제를 지내러 마을 회관으로 향한다는 것도.

집을 나설 때 신발장을 열었다. 공구 상자가 보였다. 미주는 상자에서 망치를 꺼내 가방에 쑤셔 넣었다.

*

주경은 한숨도 자지 못했다. 딸이 다 알아버렸다. 청호리에 대해서, 자신에 대해서. 그 추악한 비밀에 딸은 경악했다. 자신이 처음 혜진을 보고 겪었던 감정이 되살아났다. 그걸 미주도 고스란히 느꼈을 것이다. 더하여 주경에게 크나큰 배신감을 느낄 터였다.

'나를 위해서야, 엄마를 위해서야?'

당연히 미주를 위하기도 했지만, 그렇게 됨으로써 자신도 마음이 편안해질 거라 여겼다. 귀신을 보지 않는다는 미주가 더는 위험하지 않다는 사실에 기뻤을 것이며 일하지 않고도 풍족하니 감사하기까지 했을 것이다. 누군가의 희생을 모른 척하면 앞으로도 쭉 잘 살 수 있을 것 같았다.

그런데 모든 것을 알아챈 미주가 주어진 이 모든 걸

다 포기하고 예전처럼 살자며 애원했다. 순간 주저한 건 아이의 말처럼 이기적인 자신의 마음이 커서일지도.

뒤늦게 주경은 부끄러워졌다. 살아오는 동안 이름 모를 아이들과 혜진이 주는 기회를 누렸고, 이제는 연희의 목숨에 기대어 사는 게 행복할 거라고 하다니.

사람으로서 그들의 희생을 어떻게 고결하고 당연하다고 할 수 있었을까. 미주의 얼굴을 어떻게 볼까. 사람들이 동제에 정신이 팔렸을 때 어서 미주와 이곳을 떠나야겠다고 생각했다. 미안하다고 사과하고 그동안 엄마 생각이 짧았다고…….

자리에서 일어나 짐을 싸려던 주경은 문득 그게 문제가 아니란 생각이 들었다. 마을회관 지하에 있을 연희를 구해야 했다. 그 아이와 함께 이곳을 빠져나가야 마음이 놓일 것 같았다. 지하에 누워 있던 혜진을 봤을 때, 그 아이를 구하지 못했으니 이번엔 연희라도 구하리라.

집에서 나온 주경은 여명이 밝아오는 마을을 걸었다. 주위를 살피며 조심히. 광장에 제의를 위한 상이 나와 있었다. 이른 시간에 나온 마을 사람 몇몇이 먼저 제사 음식을 만들고 있었다. 남들은 곳곳에 깃대를 세우기 시작했다. 삼 년 동제는 축제처럼 마을 사람들 모두가 모여 풍악까지 울렸다.

제의를 주관하는 이장과 선녀님의 말을 전하는 역할인 정아는 동제가 시작되기 전까지 금기를 지키며 부정 타지 않게 조심했다. 아마도 동제가 시작될 오전 여덟시에 맞춰서 나올 것이다.

주경은 지나치는 몇 명과 인사하며 자연스럽게 문이 열린 회관으로 들어갔다. 그때 지하실 문이 닫히고 인호가 나왔다. 손에 가방이 있는 것으로 보아 동제 시작 전 연희에게 약을 놓은 모양이었다. 구석에 숨어 인호가 지나가기를 기다렸다. 그리고 사라진 걸 확인하자마자 몰래 지하실로 내려갔다.

부적이 붙은 철문 앞은 금줄로 막혀 있었다. 부정한 것이 들어가지 못하게 하려는 목적이었다. 주경은 주의를 둘러보고 금줄을 넘어 철문 안으로 조심히 들어갔다. 의료 기계의 주기적인 신호음이 들렸다. 비상등만 켜진 어둑한 곳에 침대 두 개가 보였다. 벽과 바닥에 붉게 적힌 글씨와 머리 위에 방울들이 매달린 빨간 실을 애써 무시하고 주경은 침대로 걸어갔다.

왼쪽엔 연희가 그리고 오른쪽엔 연희의 언니 연수가 있었다. 뼈밖에 남지 않은 연수는 숨만 간신히 쉬고 있었다. 마치 생명을 태운 불이 씨만 남아 깜빡거리는 것처럼. 안타까움에 눈물짓다가 고개를 돌려 연희를 바라봤다. 급히 링거를 멈추고 팔에 연결된 주사기를 빼려 할 때 갑자기 뭔가가 주경의 머리를 내리쳤다. 큰 충격에 주경이 바닥에 쓰러졌다. 가물거리는 시야에 자신을 내려다보는 정아가 보였다. 정아는 안타까워하며 탄식했다.

"주경아, 너는 언제나 너만 생각하더라. 내가 부탁했잖아. 네 딸을 생각해도 안 되겠어? 나는 다 이해했잖아. 다시 돌아오는 널 받아줬잖아. 그때 말이야, 나도 네 친구였는데……. 왜 그때 혜진이 얘기도 나한테 안 해주고 너만 도망쳤니? 아무것도 모르던 난 그날 널 보낸다고 선생님 앞에 나섰다가 선생님께 끌려갔어. 나를 봤는지, 나에게서 다른 사람을 봤는지는 모르겠어. 내 주위엔 아무도 없었어. 내가 뭘 할 수 있었을까? 그때 성이가 내게 왔지. 오로지 성이만 내 곁에 있어줬어. 그런데 넌 너 좋자고 성이 앞날을 막네. 어떻게 네가 나한테 이래?"

주경은 정아의 외침이 아득하게 들려왔다. 눈물이 바닥을 적셨다. 아아, 너도 꽤 힘들었구나. 우리가 딛고 있는 기름진 땅이 피에 젖은 땅이었다니. 그걸 깨닫는 데 너무 오래 걸린 모양이다.

*

찬란한 해가 뜨자 풍악이 울렸다. 마을 사람들이 광장으로 모여 서로 반가이 인사했다. 준비한 제수와 제물이 상 위에 가득했고 그 주위로 깃발이 휘날렸다. 모두의 얼굴에 웃음꽃이 활짝 폈다, 이날을 손꼽아 기다렸다는 듯. 이장이 나타나자 손뼉을 치는 사람도 있었다.

왁자지껄한 틈에 이장 뒤에 선 성이 보였다. 굽은 어깨가 움찔거리더니 고개를 돌려 군중 속에서 누군가를 찾았다. 그리고 이내 미주와 눈이 마주쳤다. 피하지 않고 그 눈과 오래도록 얽히자 미주는 깨달았다. 자신에게 편지를 보낸 게 성이란 걸. 저 아이는 미주가 무언가를 해주길 바라고 있었다.

"어? 저기!"

소란 속에서 누군가가 소리쳤다. 뻗어나가는 손끝을 따라 시선을 옮긴 사람들이 짧은 비명을 질렀다. 요란하던 풍악이 멈췄다. 무릎 꿇어 향불을 붙이던 이장이 일어났고 미주를 보던 성의 고개가 돌아가는 것과 동시에 미주도 앞을 봤다.

웅성거리는 사람들 머리통 사이로 누군가가 보였다. 제대로 보이지 않아 미주는 앞 사람들 사이로 비집고 들어갔다. 산에서 한 남자가 불안정한 걸음걸이로 내려오고 있었다. 온몸이 흙투성이었지만 익숙한 남색 점퍼에 낯익은 얼굴을 보자 소름이 끼쳤다. 딸 만나러 미국에 갔다던 철식이었다.

물론 미주는 그가 죽은 걸 알고 있었지만. 저렇게 다시 살아날 줄은 몰랐다. 문득 철식이 걸어온 쪽에서 낭지를 만난 게 떠올랐다. 설마…….

"반쪽 왕, 추악한 제 욕심을 이루려 나를 죽이고 선녀님을 어린 소녀들의 몸에 봉인해둔 자. 너희는 공범으로서 벌을 받을 것이다."

철식이 내지르는 말에 사람들은 잔뜩 겁을 먹었다. 미주의 눈이 주위를 훑었다. 모두의 시선이 철식에게 몰렸다. 이때다 싶어서 뒤로 빠져나가 마을회관으로 들어갔다.

"어디서 귀신이 신성한 곳에서 패악질이냐! 저놈을 잡아라!"

이장의 명령에 청년들이 달려들었다. 주먹을 휘둘러도 닿지 않았고 오히려 우악스러운 매질에 순식간에 제압당했다. 이장이 나가가 그 얼굴을 들여다봤다.

"낭지, 네가 불쌍한 철식이를 죽이고 그 몸에 들어가 앉았구나."

"그래, 내가 널 죽이러 왔다. 너의 목을 자르고 여기 모인 자들의 사지를 물어뜯을 것이며 선녀님을 자유롭게 할 것이다."

"무슨 힘으로? 손 하나 까딱 못 하는 주제에."

그들 사이에 차가운 바람이 불었다. 때가 가까워지고 있었다. 고개를 들어 하늘을 보던 이장이 돌아섰다. 제의를 다시 시작해야 했다.

"동제가 끝나면 그때 너를 죽일 것이다. 다시 풍악을 울려라!"

*

준영과 하나는 삼룡 계곡에서 첫 번째 용이 승천했다는 곳을 찾아갔다. 물살은 어제보다 약했고 흙은 많이 가라앉아 있었다. 하나는 물안경을 쓰고 깊게 심호흡했다. 운동 실력과 체력은 없어도 수영할 수 있는 하나에 비해 준영은 수영을 아예 하지 못했다. 준영이 준비한 밧줄을 하나의 허리에 묶었다. 혹시 모를 불상사에 대비한 것이다.

"조심해."

준영의 말에 하나가 고개를 끄덕였다. 그리고 계곡

으로 들어갔다.

*

　미주는 계단을 내려갔다. 금줄이 쳐진 문을 조심히 열고 들어갔다. 작은 불빛이 내부를 전부 밝히지는 못했다. 미주는 핸드폰으로 손전등 앱을 켰다. 그나마 밝아진 빛에 드러난 붉은 글씨와 붉은 실과 방울 그리고 그 밑 침대에 누워 있는 연희가 보였다. 그곳으로 달려가려고 할 때 벽 한쪽에 엎드려 있는 주경을 발견했다.

　"엄마?"

　미주는 주경에게 먼저 향했다. 쓰러진 주경을 흔들어 깨우다가 뒤통수에 피가 엉긴 걸 보고 조심히 손을 갖다 댔다. 셔츠를 벗어 지혈하며 미주는 주경을 애타게 불렀다. 몇 번이나 부르고 나서야 주경은 신음과 함께 눈을 떴다.

　"엄마, 괜찮아? 머리에서 피 난단 말이야. 안 아파?"

　"괜찮아. 일어나게 잡아줘."

　그대로 있으라고 하고 싶었지만, 상황이 상황인지라 미주는 주경을 부축했다.

　"동제는?"

"시작했어."

"그럼 빨리 애들 데리고 나가자."

엄마가 벽에 기대자 미주는 연희에게 달려갔다. 그 옆의 연수를 먼저 본 미주는 멈칫거렸다. 그러다가 연희에게 다가가 어깨를 조심히 흔들었다.

"연희야. 일어나, 어서."

팔에 꽂혀 있는 주사기를 빼자 연희의 미간이 찌푸려졌다. 파르르 떨리던 눈이 힘겹게 떠졌다. 몇 번 천천히 깜박이던 눈이 미주를 바로 보았다.

"미주야."

"그래, 나야. 일어날 수 있지? 우리 여기서 빠져나가야 해."

연희가 대답 대신 고개를 끄덕였다. 미주가 연희를 부축하여 일으켰다. 땅에 발을 디딘 연희가 휘청거렸다. 미주가 다시금 부축하는데 연희의 시선이 옆 침대에서 멈췄다.

"언니?"

연희가 비틀거리며 연수에게로 갔다.

"연희야."

미주가 연희를 불렀지만, 연희는 연수의 옆에 기대 앉아 잠든 연수를 깨웠다. 그러나 아무리 흔들고 불러도 연수는 깨지 않았다.

"왜 여기에 이러고 있어? 엄마, 아빠랑 있어야지. 거기서 나 기다려야지 왜 여기에 있어. 사람들이 거짓말한 거야? 대체 무슨 일인 건데. 언니 일어나봐. 나 좀 봐봐."

연희가 울면서 소리쳤다. 미주가 그런 연희를 다시 일으켰다.

"언니가 많이 졸린가 봐. 푹 자게 두자."

"싫어, 언니 두고 어떻게 가."

"언니도 널 살리고 싶어 할 거야. 그러니까 가자, 응?"

미주가 달래어 연희를 일으켰다. 엄마가 상처를 지혈하며 반대편에서 연희를 부축했다. 철문을 열고 지하실 밖으로 나오자 요란한 풍악 소리가 들렸다. 계단 위로 올라가자 제의를 치르는 모습이 보였다. 금줄을 친 한쪽 구석에 철식이 묶여 있었다. 고개를 푹 떨군 게 죽은 건지 산 건지 잘 모르겠다. 어떻게든 틈을 보고 나가려고 할 때 미주 외삼촌이 세 사람의 앞을 막아섰다. 놀란 셋이 그를 쳐다보자 작은 눈이 피 흘리는 주경을 가만히 봤다.

"네가 다칠 걸 알았으면 오라고 하지 말 걸 그랬어."

그렇게 말하며 외삼촌은 한발 물러났다.

"회관에 뭐야, 연희 아냐?"

"쟤가 왜 여기에 나왔어?"

사람들이 다시 웅성거리기 시작했고 이제 몰래 나가기란 불가능해졌다. 그때 이장의 뒤에 서 있던 정아가 주위를 보더니 제수 준비로 한쪽에 갖다 놓은 식칼을 찾아 들었다. 그리고 악을 지르며 달려들었다.

"기어이 네가 망쳐!"

주경이 다급히 정아의 팔을 붙들었다.

"엄마!"

"어서 도망쳐!"

멈칫거리던 미주가 연희를 데리고 도망쳤다. 누가 잡으라고 하지도 않았는데도 마을 사람들이 나서서 미주와 연희의 앞을 가로막았다. 미주는 얼른 가방에서 망치를 꺼내 휘둘렀다.

"가까이 오면 죽여버린다!"

바람을 가르는 망치에 사람들이 어어, 하며 겁먹고 뒤로 물러났다. 그런데 갑자기 사방에 소름 끼치는 비명이 울려 퍼졌다. 모두가 당황한 채 주위를 둘러봤다.

이장이 소리쳤다.

"선녀님이 깨어나신다. 빨리 저 둘을 지하실로 보내!"

그 말을 들은 마을 사람들은 망치의 공격에도 앞다투어 아이들을 붙잡았다.

*

물속에 잠수하기를 여러 번, 찾는 것이 잘 보이지 않았다. 그렇게 실패를 거듭하고 지쳐갈 즈음 하나는 드디어 암벽 밑에서 천 조각을 발견했다. 고개를 물 밖으로 내밀어 숨을 고르고 다시금 숨을 참고 물속으로 들어갔다.

거센 물살을 거슬러 몇 번 헛손질해서야 천 귀퉁이를 잡았다. 혹여나 찢어질까 조심히 흔들면서 손가락에 돌돌 감았다. 힘을 주어 잡아당기자 주머니가 달려 나왔다. 하나는 허리춤에 묶은 밧줄을 잡고 흔들었다. 밧줄이 팽팽히 당겨지더니 몸이 물 밖으로 빠져나왔다.

"여기."

준영은 하나가 건네는, 해진 주머니에서 돌 부적을 꺼냈다. 그리고 미리 봐둔 바위 위에 올려놓고 준비해 온 망치로 내리쳤다. 쩽하는 소리가 몇 번 들리더니 이내 돌이 깨졌다.

＊

"꺄아아악!"

다시금 기괴한 비명이 들리고 아이들이 붙잡혔다. 사람들은 미주와 연희를 얼른 회관으로 밀어 넣으려고 했지만 외삼촌이 그들을 막았다.

성은 주경에게 식칼을 휘두르는 정아의 허리를 붙잡았다.

"엄마, 제발 그러지 마. 나 무서우니까 그만해요. 내가 미주한테 시켰어, 연희 구하라고. 그러니까 제발 그만해. 쟤들은 잘못 없잖아."

울먹이는 아들의 만류에 정아가 멈췄다. 씨근덕거리던 정아가 칼을 내팽개쳤다. 여전히 정아는 원망 어린 눈으로 주경을 노려봤다. 그때 하늘에 먹구름이 끼기 시작했다.

하늘을 올려다보던 이장이 구석에 묶인 철식을 봤다. 철식이 씩 웃으면서 경을 외고 있었다. 그 옛날 낭지가 보현나무 앞에서 제 몸에 실리도록 선녀님께 외던 그 경을. 그래서 평소보다 더 빨리 변재선녀가 깨어나는 것이다.

"이 신의 제자, 잠들어 계신 선녀님을 드디어 모시

러 왔습니다. 부디 자유롭게 훨훨 날아가시기를."

잠에서 깬 선녀님이 비명 같은 노래를 부르며 활짝 열린 철문을 나섰다. 아이들이 마을회관 앞으로 떠밀렸을 때, 사방에서 날카로운 바람이 휘몰아쳤다. 미주는 가느스름하게 뜬 눈으로 그 앞에 선 신을 바라봤다. 펄럭이는 하얀 옷자락과 풀어 헤친 긴 머리카락, 붉은 석류알 같은 눈동자가 누군가를 찾았다. 감히 눈이라도 마주칠까 온몸이 벌벌 떨렸다. 미주는 가까이 다가서지 않으려고 뒤로 물러났지만, 사람들의 우악스러운 손아귀에서 벗어나지 못했다.

"뭐 하는가? 어서 빨리 지하에 가둬!"

돌풍에 꾸물대는 사람들에게 이장이 소리치자 번뜩이는 붉은 눈이 그곳을 향했다. 바람이 더 거세졌다. 숨막히는 기운에 실린 분노를 읽은 미주는 사람들이 더욱 옥죄기 전에 연희를 붙들고 주저앉았다.

그때 한 남자가 아이들 앞에 섰다.

"이게 어떤 기회인데, 재수 없게 네년들이 망치려고 들어?"

욕을 지껄이며 선 남자가 순간 멈췄다. 어떻게든 버티려던 미주의 눈에 남자의 얼굴이 들어왔다. 시뻘겋게 달아오른 얼굴이 부르르 떨렸다. 크게 뜬 눈에 실핏줄이 터졌고 순식간에 얼굴이 반대편으로 돌아갔다. 미주는 숨을 집어삼켰다.

"아악!"

누군가가 대신 비명을 질렀다. 하지만 미주는 숨소리도 내지 못했다. 자신의 눈에만 보이는지 계단을 내려서는 선녀님을 아무도 신경 쓰지 않았다. 사람들의 시선은 영문도 모른 채 쓰러진 남자에게 향했다. 선녀님의 옷자락이 가까이 선 여자를 지나치자 멀쩡하던 여자의 목이 단숨에 뜯겼다. 붉은 핏물이 튀는 그 모습이 미주의 눈에 아주 천천히 펼쳐졌다.

사방으로 솟구치는 피에 놀란 마을 사람들이 도망쳤다. 마치 지옥도가 펼쳐진 것처럼 광장은 아비규환이었다. 선녀님의 길을 막거나 지나는 이들의 사지가 부러지거나 뽑혔다. 새하얀 대리석이 깔린 광장이 금세 피로 물들었다.

"미주야!"

주경의 목소리에 정신을 차린 미주는 연희를 데리고 일어났다. 연희는 눈앞에서 사람이 잔혹하게 죽어가는 모습에 눈을 떼지 못하고 말없이 울고 있었다.

"엄마!"

도망치는 사람들 틈에서 주경은 미주를 향해 거슬

러 오려 했으나 점차 밀려났다. 먹구름이 낀 하늘에서 벼락이 떨어졌다. 멀리서 사람들이 소리를 질렀다. 미주는 철식을 바라봤다. 어느새 그 자리에 낭지가 있었다. 그녀는 아주 아름다운 미소로 지옥도를 보고 있었다.

"미주야, 먼저 도망가. 엄마가 찾아갈게."

주경의 옆에는 미주의 외삼촌이 있었다. 순간 미주는 꿈에서 낭지에게 자신이 부탁했던 것이 떠올랐다.

"엄마, 선녀님께 진심으로 잘못했다고 빌어야 해. 알았지?"

또다시 근처에 벼락이 떨어졌다. 주경은 오빠가 이끄는 대로 달아나기 시작했다. 미주도 마지막으로 낭지와 눈을 마주치고는 이내 연희의 손을 잡고 뛰었다. 앞서 뛰던 남자가 하늘로 딸려 올라갔다가 풀썩 떨어졌다. 떨어질 때는 머리가 없었다. 미주와 연희는 시체를 피해 다시 달렸다.

"서, 선녀님이, 변재선녀님이 깨어났다! 다시, 다시 결계를 쳐야 해!"

인호는 허둥지둥 집으로 도망치는 이장을 쫓아갔다. 그러다가 그 자리에서 멈췄다. 지금 이것이 선녀의 천벌이라면 가장 위험한 건 이장이었다. 그 옆에서 그를 돕는다면 십중팔구 죽을 게 뻔한데 굳이 그와 함께 갈 필요가 있나? 이 마을은 이제 가망이 없었다. 침몰하는 배에서 벗어나야 했다. 인호는 반대로 달려가 차를 세운 곳으로 갔다.

"여보!"

차 문을 여는데 저 멀리서 아내가 진용을 끌어안고 그를 불렀다. 도망치는 이한테 부딪혀서 울부짖는 아내의 몸이 휘청거렸다. 인호의 몸도 움찔거렸다. 그러나 저편에선 피가 튀고 이쪽에선 벼락이 내리쳤다. 더는 생각하지 않고 인호는 차에 탔다. 그리고 액셀을 밟았다.

차는 빠른 속도로 아내를 지나쳐 달렸다.

"비켜! 비키라고!"

도망치던 사람들이 길을 막았다. 자신들도 태워달라고 성화였다. 인호는 경적도 몇 번 누르다가 무슨 상관인가 싶어서 다 들이받았다. 저 앞에 달아나는 연희가 보였다.

"너 때문에……."

평탄하게 굴러갈 모두의 꿈이 망가진 건 다 저 여자애 때문이라는 생각이 들었다. 자신이라고 처자식을 버리고 싶었겠는가. 운명에 순응하지 않고 저만 알아서 도망치는 게 제 아비와 닮았다고, 그렇다면 그 끝도 같게 해주겠다고 마음먹은 인호는 속력을 더 냈다.

그런데 한 남자가 뚜벅뚜벅 걸어와 그 앞을 막았다. 인호를 노려보는 이는 다름 아닌 형이었다. 그 겨울 옷차림 그대로, 상처에서 피 흘리는 모습 그대로.

　　핸들이 저도 모르게 돌아갔다. 제어하려고 해봤지만, 말을 듣지 않았다. 어어, 하다가 그는 비명을 내질렀다. 차는 빠른 속도로 꺾어지는 도로를 가로질렀다. 축대를 뛰어넘은 차가 산비탈을 구르다 폭발했다.

*

　　주경은 오빠와 함께 집으로 달려갔다. 이미 도착한 올케언니가 빨리 오라고 손짓했다. 문을 닫아건 그들은 숨을 몰아쉬었다.

　　"미주는?"

　　올케언니의 질문에 주경은 고개를 내저었다.

　　"괜찮을 거야. 잘 도망갔겠……."

　　그때 오빠가 올케언니의 입을 손바닥으로 막았다. 모두의 눈이 창밖으로 향했다. 탁한 창에 그림자가 어렸다. 곧은 자세로 현관문을 향해 걷던 그림자는 우윳빛 현관 유리에 멈춰 섰다. 누가 말하지 않더라도 그 그림자가 선녀님인 것은 분명했다.

'엄마, 선녀님께 진심으로 잘못했다고 빌어야 해. 알았지?'

주경은 무릎을 꿇었다.

"잘못했습니다. 저희가 욕심에 눈이 멀어 선녀님을, 아이들을 희생시켰습니다. 그것이 잘못임을 알면서도 모른 척했던 모든 순간의 죄를 인정하며 진심으로 용서를 구합니다."

오빠와 올케언니도 그 옆에 무릎 꿇어 눈물로 죄를 빌었다.

"용서해주신다면 숨이 멎을 때까지 그 자비를 베풀며 살겠습니다."

주경은 머리를 조아리며 빌었다. 가만히 선 그림자가 천천히 손을 뻗어 한곳을 가리켰다. 고개를 돌려 방쪽을 보던 주경이 다시 현관을 바라봤다. 어느새 선녀님은 사라진 뒤였다. 적막한 거실에 올케언니의 울음이, 어디선가 들리는 누군가의 비명이 들려왔다. 주경이 자리에서 일어났다. 그런 그녀를 오빠가 붙들었다.

"괜찮아."

주경은 현관으로 가 천천히 문을 열었다. 문밖엔 아무도 없었다. 그녀는 밖으로 나가 선녀님이 가리켰던 곳을 향해 고개를 돌렸다. 그곳엔 마을회관이 있었다.

*

    이장은 집으로 오자마자 서재로 향했다. 자기 방으로 들어간 그는 책장에서 오래된 낭지의 책을 꺼냈다. 여러 책을 뒤적일 때, 정아와 성이 뛰어 들어왔다.

    "선녀님이 깨어나신 거예요? 그렇다면 여기에 있을 게 아니라 우리도 도망가야죠!"

    정아가 이장의 팔에 매달렸다. 그러나 그는 그 팔을 뿌리쳤다. 그리고 누렇게 변한 책에서 선녀를 붙드는 데 필요한 결계를 치는 법을 발견하자마자 그 장을 찢어냈다. 서랍을 열어 그동안 만들어두었던 부적과 결계를 만들 주머니를 챙겨 들고 지하실로 향했다.

    "선생님!"

    정아가 머뭇거리는 성이를 데리고 따라왔다.

    "저희는 괜찮은 거죠? 지금 어떻게든 바로잡으려고 하시는 거죠? 선생님만 믿으면 되는 거죠? 선녀님이 저리 화를 내시지만, 곧 화를 푸시겠죠?"

    지하에서도 사람들의 비명과 천지를 뒤흔드는 벼락 치는 소리가 여실히 들렸다. 점점 가까워지는 것 같았다. 이장은 종이에 적힌 대로 결계를 그리기 시작했다. 약식으로 진행되었지만, 잠깐이면 되었다. 그동안 선녀님을 붙잡아두면 그에겐 다음의 기회가 있을 터였다.

"아버지가 어떻게든 해주실 거야. 걱정하지 말자."

정아가 벌벌 떠는 성의 등을 쓸었다. 문에 부적을 붙이고서 이장은 숨을 몰아쉬었다. 그는 문 앞에 서 있는 성을 바라봤다.

'멍청한 자식. 고작 그깟 양심 때문에 일을 그르쳐?'

이장은 정아에게 다가가 한 손에 들고 있는 칼을 빼앗았다. 놀란 정아가 헛웃음을 지었다.

"얼마나 정신이 없었는지. 아직 그걸 가지고 있었는지도 몰랐어요."

이마를 문지르며 중얼거리는데 그녀를 지나친 이장이 성의 배를 찔렀다. 성은 몸을 웅크렸다. 툭툭. 붉은 핏방울이 바닥으로 떨어졌다. 정아는 두 눈을 크게 뜬 채그 모습을 멍하니 봤다.

"아, 아버지."

성의 신음 섞인 목소리가 가늘어졌다.

"그래, 네가 아버지를 배신한 이유가 있겠지. 그건 나중에 이해해보고. 나 역시 다시 마을을 구해야 하니 네가 도와줘야겠다. 저 밖에서 마을 사람들이 죽어가는 게 다 너 때문이니까."

이장이 성의 목덜미를 움켜쥔 채 결계 안으로 끌고

들어갔다. 성을 그 바닥에 넘어뜨리자 아이의 몸이 힘없이 허물어졌다.

"너는 내 피를 이었으니 선녀님은 그 피 냄새가 나인 줄 알고 올 것이다. 그러면 그곳에 붙들어……."

"아아악!"

그때 정아가 소리를 지르며 이장의 등에 올라탔다. 팔로 목을 조르고 얼굴을 할퀴었다. 이로는 그의 귀를 물어뜯었다. 정아가 그동안 이장을 감내한 이유는 모두 아들 때문이었다. 그런데 그런 아들을 자신의 눈앞에서 칼로 찌르다니. 마을을 구한다고 제 아들을 제물로 삼다니. 정아의 눈에 불이 일고 뒤집혔다. 그동안 몸 안에 축적했던 그를 향한 증오가 터져 나왔다.

이장은 정아를 떼어내려고 했다. 목을 붙든 팔을 잡아당기고 들고 있던 칼을 휘둘렀다. 버르적거리다가 균형을 잃은 이장이 넘어졌다. 칼이 바닥에 미끄러졌다. 정아는 재빨리 칼을 잡아 이장 몸 위로 올라탔다.

"처음부터 이렇게 해야 했어."

"안 돼!"

이장이 손을 뻗자 날카로운 칼끝이 그 손을 찔렀다. 손등을 뚫고 나온 피 묻은 칼끝이 보였다. 그가 몸을 뒤틀자 정아가 칼을 뽑아 어깨를 붙들었다. 순식간에 선

뜩한 기운이 이장의 목을 꿰뚫었다. 이장이 파르르 손을 떨며 목에 갖다 댔다. 붉은 피가 손을 적셨다.

정아는 꺽꺽 숨넘어가는 이장 몸에서 내려와 바닥에 쓰러진 아들에게로 기어갔다. 성이 애처롭게 손을 뻗었다. 입술을 달싹여 엄마를 불렀지만, 그 소리는 허공에 흩어졌다. 정아는 엉엉 울며 아들을 끌어안았다.

이장은 가물거리는 시야로 보이는 하얀 옷자락을 발견했다. 문 앞에서 들어서지는 않고 그를 노려보는 붉은 눈동자. 드디어 선녀님을 볼 수 있게 된 이장은 손을 뻗었다.

아아, 변재선녀시여.

부디 자비를.

*

미주와 연희는 신수가 있는 산길로 들어갔다. 여기저기 벼락이 내리쳐 바로 옆에 떨어져도 지체하지 않고 달렸다. 그때 눈앞의 나무에서 동산이 튀어나와 미주를 밀었다. 산길을 데굴데굴 굴러간 미주가 충격으로 신음만 흘렸다. 멀지 않은 곳에 연희가 쓰러졌다. 다가온 동산이 미주의 몸에 올라타 목을 짓눌렀다.

"처음부터 네가 마음에 안 들었어. 언젠가 네가 모든 걸 망칠 줄 알았지."

숨이 막혀 미주는 어떻게든 빠져나오려고 버르적거렸다.

"하루라도 빨리 죽였어야 했는데."

"미주에게서 손 떼!"

연희가 동산에게 달려들었다. 그러나 동산의 손짓 한 번에 연희도 바닥을 굴렀다. 그때 빛나가 달려와 그 속도 그대로 발차기를 날렸다.

"누가 내 친구 괴롭히냐?"

얼굴을 정통으로 맞은 동산의 몸이 뒤로 넘어갔다. 빛나가 일어나 연희와 미주를 일으켰다.

"괜찮아? 밑에 보니까 아주 난리가 났던데."

"응, 어서 가자."

아이들이 서로를 부축하며 뛰었다. 뒤에서 동산이 거기 서라고 소리쳤다. 그러자 그 자리에 벼락이 떨어졌다. 뒤돌아본 아이들은 누가 먼저랄 것도 없이 달렸다. 길을 아는 빛나가 앞장섰고 미주는 연희의 손을 잡았다.

멀리서 공포에 질린 사람들의 비명과 벼락 치는 소리가 울려 퍼졌다. 홍호리로 가는 산에 접어들었을 때 벼락이 내리쳐 신수를 갈랐다.

아이들은 멈추지 않고 우거진 수풀을 헤치며 나아
갔다. 산으로, 산으로.

에
필
로
그

한 달 뒤, 그믐 부실이 사라졌을 때 누구보다 좋아했던 사람은 학생주임 선생님이었다. 드디어 준영이 정신을 차리고 공부에 매진한다며 만세를 불렀을 정도였다. 동아리 폐지에는 여러 가지 이유가 있었다. 하지만 그중 공부에 매진이란 이유는 없는 게 확실했다.

"결정했어?"

꽃집에서 한참을 고민하고 서 있는 연희에게 미주가 물었다. 이제는 깁스를 푼 오른손으로 눈앞에 있는 안개꽃을 들어 냄새를 맡았다. 신선하고 은은한 꽃향기가 났다.

"나는 이게 좋은데."

"내 선택지엔 전혀 없거든."

"네네, 마음대로 하세요. 근데 빨리 골라줄래? 벌써 어두워지고 있잖아."

미주는 노을이 지는 바깥을 바라봤다.

"어? 하나다."

마침 밖에 하나와 준영이 지나가고 있었다. 미주는 꽃집에서 나왔다. 한여름의 뜨거운 열기가 훅 끼쳤다. 인도 옆으로 차들이 지나쳤고 플라타너스 가로수에서 매미가 울어댔다. 미주는 목청껏 크게 친구들의 이름을 불렀다.

"송하나! 최준영!"

"아이, 깜짝이야. 너 여기서 뭐 해?"

"연희랑 병원에 가려고. 너희는 어디 가?"

"빛나가 운동장에서 운동하는 거 보다가 준영이 꼬드김에 넘어가서 유튜브 편집하는 거 도와주러 가. 이번엔 원광시 폐공장에서 찍은 영상인데, 노숙자 아저씨를 만났대. 겁도 없이 혼자 다녀서 큰일이야. 얼른 혼내줘. 귀신보다 사람이 더 무서운 것도 모르고."

하나의 잔소리를 익히 한바탕 들었는지 준영이 눈살을 찌푸렸다.

"보자마자 도망쳤으니 괜찮아. 그리고 영상 잘 나와서 구독자 늘어날걸."

"진짜 하반기는 유튜브에 올인할 거야? 학주가 알면 쓰러지지. 빛나한테 일러."

하나가 핸드폰을 꺼냈다. 그 손을 막으며 준영이 변명하기 시작했다.

"이왕 시간 남은 거, 좋아하는 일 하면서 소소하게 돈도 벌고 기부도 하고. 좋잖아?"

동아리 폐지는 준영이 일찍이 결정했던 대로 이뤄졌다. 빛나는 육상부로 옮겼고 연희에게는 이미 마음 한편에 지난 사건의 두려움이 인장처럼 새겨졌기에 그믐 활동을 계속 함께하자고는 말하지 못했다.

청호리에 마른 뇌우로 갑작스럽게 산불이 나는 바람에 미처 피신하지 못한 마을 사람들이 대부분 죽는 참사가 벌어졌다는 정부 발표가 있었다. 기이하게도 그 불은 청호리에만 났음에도 말이다. 사람들은 이해되지 않은 사건을 한데 뭉뚱그려 꿰맞추고 안타깝다며 잊기로 했다.

사건이 묻히는 것에 분노한 아이들은 제물로 희생된 이들의 이름을 찾아보기로 했다. 알아낸 건 몇 명뿐이었지만, 지금도 현재진행형이었다. 마을 사람들이 대부분 죽어서 그마저도 어려웠다.

마을에서 빠져나온 사람들은 몇 명 되지 않았다. 그 중에는 주경과 미주의 외삼촌, 외숙모가 있었고 연희의 작은엄마와 진용도 있었다. 겁에 질린 대부분은 뿔뿔이 흩어졌다. 연희의 작은엄마는 연희에게 용서를 빌었다. 그러나 연희는 용서하지 않았다. 그 누구도. 미주의 집에서 지내면서도 주경 또한 용서하지 않았다. 연희가 누군가를 용서하는 건 한참 지나야 가능한 일이지 않을까.

딸랑 하는 소리와 함께 꽃집 문이 열리고 연희가 나왔다. 드디어 오래도록 고민한 꽃을 고른 모양이었다. 바스락거리는 비닐 속에 짙푸른 수국이 있었다.

"병원 간다고?"

하나가 묻자 연희는 고개를 끄덕였다.

"엄마가 언니 좋아하는 꽃을 사 오라고 하는데, 언니가 뭘 좋아할지 몰라서 내가 좋아하는 걸 골랐어."

주경이 마을회관으로 돌아갔을 때 연수는 미약하지만 여전히 숨을 쉬고 있었다. 주경은 그곳에서 연수를 데리고 나왔다. 병원으로 옮기고 뒤늦게 연락을 받은 연희 엄마가 케냐에서 돌아왔다.

연희의 엄마는 중간에서 인호가 형인 것처럼 잘 지낸다는 말만 보냈다고 했다. 아이들을 버리고 간 엄마라는 심한 모욕과 간간이 연희의 사진을 보내기도 하고.

연희의 엄마가 오고 나서 며칠 후 연수가 깨어났다. 연수는 아무것도 기억하지 못했다. 몸 상태도 많이 약한 상태라 굳이 일깨우지 않기로 했다. 그래서 지금은 그저 교통사고로 오래도록 누워 있다가 깬 것으로만 알고 있었다.

아이들은 서로 인사하고 다시 반대 방향으로 걸었다. 미주와 연희는 병원으로 향했다.

"그래서 다음 주에 서울로 간다고?"

"응, 언니가 좀 괜찮아져서 서울에 있는 엄마 병원으로 가기로 했어."

"잘됐다. 거기서 지내다 보면 너도 좀 괜찮아질 거야."

길 건너에 병원이 보였다. 아이들은 건널목에 서서 신호를 기다렸다. 연희는 꽃다발을 들지 않은 손으로 가방끈을 붙잡았다.

"그렇지만 너랑 헤어져야 하는걸."

연희의 목소리에 미련이 담뿍 들어 있었다. 미주가 웃음을 터뜨렸다. 그와 동시에 신호등 불이 파란불로 바뀌었다. 먼저 걸음을 떼는 미주를 멍하니 보다가 연희가 인상을 쓰며 쫓아왔다.

"왜 웃어? 웃음이 나와? 너는 내가 멀리 가는데 섭섭하지 않아?"

서운하기도 해서 눈물까지 찔끔 났다. 길을 건넌 미주가 뒤돌아서 연희와 마주 보며 걷기 시작했다. 뒤통수에 눈이라도 달린 것처럼 잘도 걸었다.

"서울이 뭐가 멀어? 케냐보다는 훨씬 가깝지. 그리고 아무리 떨어져 있어도 내가 네 절친이란 사실은 변하지 않아. 내가 네 소원이니까."

조금은 부끄러운 말이었지만, 그리 나쁘지 않은 말이었다. 연희는 얼굴을 붉히고는 미주의 팔을 잡았다.

"알았으니까 앞에 보고 걸어. 다치겠어."

"나에겐 다른 친구들이 있으니까 내 걱정은 말고. 무섭거나 화나거나 억울할 땐, 언제나 전화해. 다 들어줄게. 너 괴롭히는 놈들 있으면 말만 해. 애들이랑 가서 실컷 때려줄 테니까. 나는 언제고 여기에 있을 테니까 걱정 마. 어때, 이 정도면 꽤 듬직하지?"

연희는 활짝 웃으면서 고개를 끄덕였다. 미주는 주경과 이제 더는 떠나지 않기로 했다. 귀신을 보는 사실을 인정하고 그 어떤 상황에서도 도망치기보다는 맞서 싸우기로 했다. 함께 말이다.

"다녀올게."

병원 대기실에서 연희는 입원실로 올라갔다. 안정을 취해야 해서 가족 외 면회는 제한되었기에 미주는 대기실 의자에 앉아 기다렸다. 텔레비전에서 뉴스가 나오고 있었다.

원광시의 모 아파트에서 어제 새벽 일가족 참변이 일어났다는 사건이 보도되고 있었다. 팔짱 낀 채로 화면을 빤히 보고 있는데 누군가가 귓가에 대고 말했다.

"저거 우리 마을 사람이다."

"으악!"

놀란 미주가 귀를 막으며 자리에서 일어났다. 소름 돋은 귀를 문지르며 옆을 보자 성이 있었다. 주위에 있는 사람들이 미주를 이상하게 쳐다봤다. 성이 키득거렸다. 미주는 그 자리에 선 채 그를 빤히 쳐다봤다. 성은 눈물을 닦아내는 시늉을 하더니 한쪽 입꼬리를 올렸다.

"놀라긴. 나 다 들었어. 너 귀신 본다며?"

화마가 지나간 청호리 마을 이장 집 지하에서 이장과 정아 그리고 성이 발견됐다. 모두 불에 탄 채로. 모른 척하기엔 이미 늦어서 미주는 다시 앉았다.

"왜 여기 있어? 이모 따라 저승에나 가버리지 않고."

"아직 할 일이 있어서 널 따라다니기로 했어."

"뭔 개소리야?"

앞만 노려보며 미주가 입술을 삐죽였다.

"어제는 정주시에서, 그 전에는 공항으로 가는 도로에서 교통사고로. 또 그 전에는 다른 곳에서…… 모르겠어? 선녀님의 벌은 끝나지 않았어."

"야, 양심의 가책 그만 느끼고 너는 너대로 갈 길 가. 사람이 잘못했으면 부끄러워해야 하는 게 마땅하고 그에 용서를 구하는 것이 살 방법이니까."

성이 주머니에 손을 넣으며 다시 히죽 웃었다. 미주가 성을 노려봤다.

"너는 그 사실을 알지만, 그 사람들은 아니잖아. 그대로 죽일 거야? 알면서도 아무것도 안 하면 너도 나처럼 되는 거야. 구할 수도 있는 생명을 구하지 않는 건."

눈앞의 성은 귀신일까, 아니면 미주 내면의 죄책감일까. 미주는 모든 일에서 벗어나 다시금 일상을 살아가는 일이 가능해질 거라고 믿었다. 하지만 그럴 수 없다는 것도 어렴풋이 알고 있었다. 그동안 살아왔던 바에 따르면 자신은 절대 평범한 삶을 살지 못하니까.

"뭐, 어쩌면 전화 정도는 해줄 수 있을지도 모르지."

미주는 어깨를 으쓱이고는 몸을 돌려 의자에 기대앉았다.

"그게 그렇게 쉽게 되면 참 좋겠다."

옆에서 성이 이기죽거렸으나 미주는 그 말대로 앞으로 일이 쉽게 되기를 바랐다. 하지만 더는 혼자가 아니었다. 서로의 등을 밀어주는 가족도 친구도 있었다. 마음 편히 최선을 다할 수 있을 만큼. 미주는 핸드폰을

꺼내 단톡방에 메시지를 보내기 시작했다. 병원 대기실
에 사람들은 오갔고, 그렇게 시간은 지나갔다.

이상한 마을 청호리

ⓒ 배명은, 2025

초판 1쇄 인쇄일 2025년 3월 13일
초판 1쇄 발행일 2025년 4월 18일

지은이   배명은
펴낸이   정은영
편집   최웅기 박진혜 정사라
디자인   강우정
마케팅   최금순 이언영 연병선 송의정
제작   홍동근

펴낸곳   네오북스
출판등록 2013년 4월 19일 제2013-000123호
주소   04047 서울시 마포구 양화로6길 49
전화   편집부 (02)324-2347, 경영지원부 (02)325-6047
팩스   편집부 (02)324-2348, 경영지원부 (02)2648-1311
이메일   neofiction@jamobook.com

ISBN 979-11-5740-449-0 (03810)